您育我成长，我陪您到老

周波 著

作家出版社
全国百佳出版社

目录 CONTENTS

第六章　怎样让时间过得慢一点儿

第七章　阅读，心灵的陪伴

第八章　旅游的意义在于感受

序言

不完美生活中的不完美努力

1

七八岁时，我得到第一本全文字的书，儿童小说《十岁的男子汉》，妈给的。那几天我独自在家，妈要用书稳住我。显然，她的目的达到了：她去上班时，我搬着小凳在院子里看书；她下班回来，我还在那个小凳上，保持跟她走时一样的姿势。她走近我，我恰好看完最后一页。我抬头说："看完了。"妈说："啊？……明天再看一遍。"我理解她可能有点气愤，倘若一本书只能打发这小子一天，那成本也太高了。

那时候的我想不到三十年后自己会动手给父母写一篇篇小文章，而他们认真地读了，且读了不止一遍。

2

我是七〇后的尾巴，第一代独生子女。那时我们被称为"小太阳"，大人常说："你们这代孩子真是享福了，生下来就吃喝不愁，一家子大人围着转。"稍大点儿以后，我经常听到："像你这么大的孩子，以前都得帮家里干好多活儿，还得帮着照看弟弟妹妹。"对大人口中的"以前"，我其实有点儿向往，有时这向往甚至盖过对饿肚子的恐惧。

我脖子上常挂着家门钥匙，因为爸妈早出晚归，我放学回来家里没人。家在一个小院的一角，不巧的是小院里没有同年龄段的孩子，往上至少大七八岁，往下至少小五六岁，很少一起玩。于是，蚂蚁、蚯蚓、泥巴、沙子、折纸、图书和周二下午只有静止画面的电视，构成我童年记忆的基色。

好在上学后有些境遇相似、兴趣相投的小伙伴，只要条件允许，我们就会聚到爸妈脾气好的同学家里，哪怕路远一点儿也乐意，一待大半天，直磨蹭到饭点儿才依依不舍地回家。这是童年最美好的回忆。

的确，我那时没挨过饿，但是经常有点儿孤独，有点儿无聊。

二三十年过去，当年的孩子早已成人，当年的父母已进入中老年。年轻人无论怎样，终归有忙不完的事儿；但中老年人却遇到了与当年孩子相似的烦恼：没挨饿，但有点儿孤独，有点儿无聊。

3

二三十年前，很多年轻父母与年幼子女之间的沟通有限；现在，不少中老年父母和成年子女之间的沟通仍没有增多。

父母说："天凉加秋裤，天热绿豆汤，好好吃饭少熬夜。"

子女说："少操心多运动，买东西别上当，吃点儿好的别抠门。"

这些话当然也温暖，值得永远珍藏的温暖，但是不深，或者说缺乏心灵的沟通。

我与中老年人交流时，常常听到他们儿女都没听过的话。有时子女在场，子女会惊讶地表示："这事儿我都不知道！"有时老人自己会说："这些话我没跟儿子儿媳说过。"有时我经过老人允许向他们的子女转述部分内容时，他们会说："我老爷子没跟我这样说过话，我听着都别扭，哈哈。"

父母和儿女的关系太特殊、太复杂，熟悉但又陌生，亲近又有距离，有爱却又纠缠着莫名的怨。

有时想说说纠结的思绪，但又不知道从何说起；一方想表达点儿深沉的情感，又怕得不到回应，或者怕说了、对方也回应了，自己却不知道应该怎么回应对方的回应……

我和父母也是这样。

4

幸运的是，我的情感在祖辈那里更早得以表达、更早得到回应，我与祖辈有比自己与父母更浓厚的情感：亲情基础上的平等理解。

这始自十几年前在海边游玩时灵光闪现的一瞬，那一瞬我脑中浮现出的祖辈的影像都变成了青年，大约与我同龄，甚至更年轻一些。他们的行为举止也都是青年人的，笑容青春又阳光。

这不属于我亲眼看到过的镜头，应该是从老照片和其他记忆中加工得来的。我把这当作一个里程碑：在我的头脑里，他们不再仅仅是我出生后一直看到的老人，而是从小娃娃成长起来的，也有悲欢情怨的鲜活的人；我与他们不再只是敬老爱幼的晚辈与长辈，还是可以平等交往的朋友。于是，我开始用朋友的视角回看对他们的记忆。

比如八〇年代初，平房大杂院里，奶奶在屋外的自来水池一边洗菜一边唱“花篮的花儿香，听我来唱一唱，唱一呀唱，来到了南泥湾，南泥湾好地方，好地呀方……”这是我对她为数不多的记忆之一，也是我最早的音乐记忆。

比如九〇年代初，爷爷在病床上跟我聊“为什么老人牙齿都掉光了，但是舌头还在？”因为“牙硬舌头软”。我当时听不懂，后来才知道这是他用一生教训换来的话。

比如〇〇年代中，姥姥在严重心脏病的情况下，每天坚持阅读、写作。她写的字向一个方向挣着，每一笔都是精神意志与肌肉失控颤抖的角力。

比如一〇年代初，姥爷在书房坚守，写作间隙仍然会像以往那样小声地自哼自唱，因为耳聋，他哼唱的声音逐月增大，乃至家人在隔壁都能听见。家人过来陪他说话，他常笑呵呵地说：“我没事，我没事，你们忙你们的。”

我理解到这些片段并不轻松，里面有他们发自内心、自强不息的努力，为的是弥补生活的不完美以及必然会出现的孤独与恐惧。

我也知道在不完美生活中，他们那些为了弥补不完美所做的努力也不完美。有人补得多、有人补得少，少有人补到心无挂碍；有人受苦多、有人受苦少，少有人不受苦，终归给我们这些后辈留下诸多遗憾和悲伤的记忆。

然而与此同时，我看到了那些记忆中的光辉，并继承下来。

5

一〇年代初，最后一位祖辈去世。妈心情低落，病了一场。爸也疲惫不堪。我想多陪伴他们，但做不好。一直以来，我和父母交流并不顺畅，即便常回家看看，相互也只报喜、不报忧，只聊事、不谈心。

纠结了一段时间，我想，不会说可以写，当面说不出的话，可以写成文字送给他们看。于是我启动了“周稿”计划，每一周或两周写一篇关于中老年人心理健康的小文章，请爸妈阅读并提意见。

每次送下稿子，过一两天，妈都会打电话来，热情地诉说阅读感想。过一两天，她再打电话说说“二刷”的感受。爸不会主动打电话，他的意见要么是妈转达，要么得等到下次回家时，他才会在饭桌上给出短句式的简洁评价。爸惜字如金，但我前前后后也从他那儿收集了十几句对我的夸奖。

一年，中断半年后又一年，就这样积累了几十篇小文章。

“周稿”成了我们两代人来往沟通的书信，成为我们相互陪伴的方式。逐渐地，爸妈的身心状况有了明显好转，我们可以当面聊的事情也越来越多，越来越细腻深入。

6

听说此事的朋友希望我把这些文章给他们看看，也给他们的父母看看，有些我认识的叔叔阿姨也很有兴趣。我意识到，这些文章中有些带有共性的东西，它们吸引着我的同龄人和我父母的同龄人，而且中老年人的心理健康意识越来越强，“养生 = 养身 + 养心”的理念越来越深入人心。

“周稿”的小文章写得随意，需要整理，整理断续用了三四年。整理的工作量远超我的预期，也超过写“周稿”本身的工作量，其中，除了整合主题、查找资料、规范文字，最花费时间也让我自己收获最大的是以下两项：

一是与更多中老年人交流，征询他们的意见，倾听他们的故事，汇集他们的智慧。他们大都在五十多岁到七十多岁，具有独立生活能力。

如果以六十岁为中年和老年的分界线，他们是年龄较大的中年人和年龄较小的老年人。本书所说的“中老年人”主要指他们所代表的群体。我遇到很多可亲可敬、经历丰富的中老年人。需要说明的是，本书中的人物并不直接等同于我的交流对象，书中所有例子都经过了技术处理。

二是一边继续学习心理咨询理论和技术，一边让自己更多地去回忆和感受，回忆我的童年、少年，感受我与父辈、祖辈的情感联结。这是让我真正理解中老年人的线索和动力，也构成了所有文章的“灵魂”。

至此，这些文章成了我和祖辈、父辈一起完成的作品，也是我们在不完美生活中共同做出的又一个不完美努力。

7

寻得并牢牢抓住文章的“灵魂”并不容易。在多年教育工作和心理专业学习实践的过程中，我与内心真实感受的距离时远时近，心里似乎总有一层窗户纸没有捅开，直到获得美妙机缘的馈赠。

这馈赠来自“中国心理学会临床心理学注册工作委员会山东督导点”举办的“中德模式”精神动力取向咨询师连续培训，以及“山东省大学生心理健康教育基地”举办的高校心理教师连续培训等培训项目。过去三四年中，诸位行业顶尖的专家老师的培训和督导把我头脑中乱闯乱动的几股蛮力梳理清爽，又为我输入精纯内力。尽管我只是初窥学习门径，但可以确信如果没有这些学习经历，我不可能完成现在的作品。

这馈赠也来自身边的朋友。最大最直接的帮助来自陈朝霞老师，她是高校心理教师、注册心理师，她从“周稿”初始阶段就常与我讨论，细致审阅过前后四版书稿，提出过很多重要的修改意见。她是总会及时出现在我前行岔路口的指引者和好伙伴，是我和书稿一路成长的见证人。

8

在即将完成书稿的今天，我与父母的关系越来越和谐，虽然新旧问题依然不断出现，但我们可以商量办法、一起面对。他们说我比以前更积极阳光，其实我在心里也这样评价他们。

与此同时，一个“巧合”出现了：在这段处理与父辈关系的心路旅途中，我的小家庭也进入更成熟的阶段。

三代人组成大家庭，两端是少年儿童和中老年人，中间是我们这代人。我们这代人从二十多岁到四十多岁，包括青年人和年轻的中年人，我们与上下两代人分别存在亲子关系，是三代人大家庭的中坚力量。

本书编辑向萍女士是我的同龄人，她从“中青年”视角提出一个形象的说法：我们与上一代，也就是与中老年父母的关系是“上行亲子关系”；我们与下一代，也就是与年幼子女的关系是“下行亲子关系”。

那么可以说：中青年人的“上行亲子关系”会影响到自己的婚姻关系和“下行亲子关系”，理解和改善“上行亲子关系”有助于小家庭的经营。

9

作家出版社编辑向萍老师和本书的摄影作者宁舟浩先生都长期关注中老年主题和“上行亲子关系”，我们的合作是偶得但又注定的妙缘；陈朝霞老师和其他关心帮助我的老师、亲友，特别是与我交流的中老年人们，他们也都是本书的参与者。他们每个人都为本书注入新的家庭情感和记忆。

因此，本书是多个家庭共同完成的作品。

衷心希望本书能够成为更多家庭的信使，让相亲相爱的人们有更多机会相互理解、相互陪伴。

周波

2019.1.18

第一章

“不愿给儿女添麻烦，但是又怕孤独”

人不吃饭会饿，饿久了肠胃萎缩、身体消瘦。中老年人大都有长时间饥饿的记忆，那是一种肉体和精神的双重痛苦。

人的心理也要“吃饭”，“饭”是陪伴、交流。当心理处于“饥饿”状态时，人们会感到孤独，这种状态也很痛苦。

1 人人都可能孤独，人人都怕孤独

《有你才幸福》是2013年中央电视台一套节目黄金档播出的一部情感剧，该剧讲述了57岁的“老北京”祺瑞年遭遇的老房拆迁、老伴去世、子女财产分割等一系列生活和情感危机，剧中涉及拆迁补偿、黄昏恋、房产争夺、啃老、空巢等现实问题。

据媒体报道，主演李雪健老师在央视首播见面会上说，他在看剧本时笑出了声、哭出了泪。他说自己有段时间不拍戏了，接下这部戏就是想替中老年朋友说一说心里话，他说：“我们不愿给儿女和社会添麻烦，但是又怕孤独……我就想演这么个人物，替大家说出心声，告诉年轻人我们需要你们的关怀和包容。”

人人都可能孤独

类似李雪健老师所说的话，我也多次听中老年人说过。

然而，敢于说出自己孤独的人远少于感到孤独的人，因为更多人不愿说、不好意思说。其实不必害羞，孤独是很多人都会面对的问题，不仅中老年人，青年人乃至孩童也会感受到孤独，也都怕孤独。而直面孤独、理解孤独有助于减少孤独带来的痛苦。

沈叔叔六十岁了，不久前他对孤独有了新体会。他的女儿女婿在外地，今年女儿刚生了二胎，没找到合适的保姆，公婆一时也来不了，于是女儿向爸妈求援。老两口清楚女儿女婿的房子不大，两人都过去住着不方便，所以沈叔叔老伴儿去那边帮着照顾孩子，沈叔叔不去。

女儿女婿曾劝说让他也一起过去，说住不开没关系，虽然不能再买一套房，但可以再租一套。沈叔叔说花钱租房像是把钱白白扔掉，况且他们那边房租那么贵，太不值得。沈叔叔觉得自己做家务、做饭都不错，独自在家过几个月应该没问题。

于是，沈叔叔开始了独居生活。沈叔叔一直保持正常作息习惯，仍旧按时去参加老年大学的课程活动。老伴儿也经常跟他视频聊天，了解他的起居、督促他注意身体，给他看大外孙、小外孙女的照片和视频。

虽然看起来沈叔叔过得不错，但冷暖自知。

一个月后，他在与老年大学的同学讨论时说："孤独就是上厕所没纸了，也没人送。"

他说："孤独是出门前家里什么样，回来时还是什么样；掉在地上的东西，如果自己不去捡，它会一直在那儿。"

他说："孤独是晚上睡觉前一定要把急救药盒和保温杯放在床头。"

沈叔叔原本只想半俏皮半文艺地诉诉苦，发泄一下压抑的情绪，没承想他的话引出了其他同学心中更深的孤独体验。

清晨，公园一角。王大爷喜欢独坐，从不和别人说话，一片树叶在手里把玩了四十分钟。

独处的静默里，他在想什么，感受到了什么？

一位女同学说："孤独还是少吃一顿没人介意，忘记吃药没人生气。"

她又说："孤独是想起过往愉快的生活片段，情不自禁地微笑，但上翘的嘴角还没到位，笑容就变酸了。"

她还说："孤独是手机来电再也不会显示那个名字。孤独是做家务需要帮助时习惯性地叫那个名字，但刚叫出口就会停下，即便叫了全名也不会有人回应。"

她想起了自己过世的老伴儿，说着说着就哭了，几位同学忍着眼泪去安慰她。

沈叔叔想了很多。

就在这天晚上，他跟老伴儿、女儿、女婿说了自己这一个月的感受，说现在自己愿意过去租个小房子住，现在他觉得这个钱花得值。

孤独之于心理，就像饥饿之于身体

孤独为什么可怕？因为它带来了痛苦。

孤独之于心理，就像饥饿之于身体。

人都得吃饭，不吃饭会饿，饿久了肠胃会萎缩，身体会消瘦，直至能量耗尽。中老年人大都有长时间饥饿的记忆，那是一种肉体和精神的双重痛苦。

人的心理也要"吃饭"，这"饭"就是社交、情感等活动。当人孤独时，心理就处于需求得不到满足的"饥饿"状态，这种状态也痛苦。

上世纪五十年代，有西方心理学家做过一个实验。实验的对象称作"被试"，这个实验的被试大多是志愿参与的大学生，他们的任务是躺在一张床上，除了吃喝拉撒之外的时间都躺着，什么都不干。他们被要求坚持尽量长时间，每待一天可以获得相应的不菲的报酬，如果忍受不了，他们可以随时退出实验。

听起来这个实验没有多难，被试们似乎应该多待几天、多挣点钱，然而，多数被试在二十四到三十六小时内退出，没有人能坚持三天以上。这是为什么呢？因为实验给被试安排了一个极端孤独的环境。

被试要戴上半透明的护目镜，能够感觉到昏暗的漫射光，但看不到任何形状或图形。床上方的空气调节器发出单调沉闷的声音，除此之外没有其他声音。被试手臂要戴上纸筒套袖和手套，腿脚用夹板固定。

总之，来自外界的刺激几乎都被屏蔽，被试的视觉、听觉、触觉如同被部分地“剥夺”，所以这个实验被叫作“感觉剥夺实验”。

这些大学生起初蒙头大睡，后来用思考问题来打发时间，但很快就厌倦了，他们难以入睡，越来越不耐烦，开始急切地寻找刺激，他们唱歌、吹口哨、自言自语。

在实验室连续待二三十小时后，许多被试会注意力涣散、思维迟钝，产生紧张、焦虑、恐惧等情绪，他们出现错觉，甚至幻觉。有的被试毫无来由地担心自己会失明，还有人坚信自己已经被实验者弃之不顾了。有一位被试早早地叫停了实验，因为儿时那些不愉快的回忆像潮水一样涌进他的脑子里，让他不堪忍受。

这个著名的心理学实验在很多心理学教材中都被提及。心理学科普读物《孤独：回归自我》里有对这个实验通俗的分析，同时提供了更多有关孤独的故事。

类似的例子也出现在影视作品中。美国电影《肖申克的救赎》中男主角是一名监狱中的犯人，一次，他的正当做法触怒了邪恶的典狱长，他被罚连续若干天单独关在一间狭窄、阴暗的牢房，禁止所有走出牢房的活动。典狱长觉得这一定会摧毁男主角的意志……

心理的“饿”是如此痛苦，以至于极端的孤独可以作为最严厉的惩罚手段。

除了“饿”，孤独的痛苦还在于“憋”。生理的“憋”是无法排泄；心理的“憋”是无法表达、没人反馈，人没有“存在感”。

有本书叫《失语者》，讲述的是南非男孩马丁的特殊经历。马丁在十二岁那年患病，肌肉萎缩、智力下降，直至失去意识，变成“植物人”。然而四年后，他的头脑居然苏醒过来，他能听、能看，拥有所有的感觉，但无论他怎么努力都没人注意他，因为他仍旧没有语言能力和身体主动动作的能力，他的灵魂被困在一具无用的躯体里。九年后他才

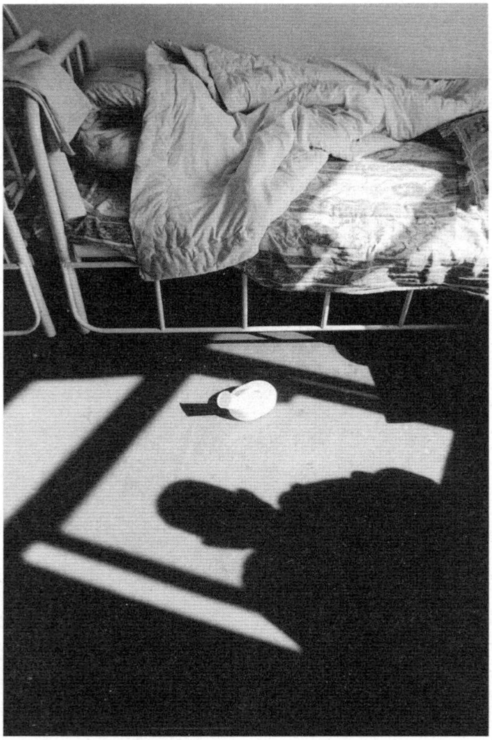

老年公寓，午后，老人茕茕孑立的影子。

来自别人的陪伴不够时，自己怎样抵御孤独？

能够与人沟通。他在这本自传里详述了自己的种种痛苦经历。

当然，多数人的孤独都没这么极端，多数人承受的是孤独的软磨。

获得陪伴可以减少孤独

怎样应对孤独？最基本的方法是获得陪伴，以满足社交需求、情感需求等基本需求。

只要有人陪伴和关心，人心里就有一面球形保护罩来抵抗孤独的侵袭，让人确信自己属于一个真实温暖的世界。

每个人都需要陪伴，而且陪伴从来都是相互的，当我陪伴你时，你也在陪伴我。但本章主要讨论中老年人怎样获得更多陪伴，因为中老年人面临的孤独的挑战更大。

中老年人的陪伴主要来自配偶、子女、亲友和自己。本章第 2 节、第 3 节将分别讨论如何获得更多来自子女和自己的陪伴。

中老年人的陪伴也来自社会。社会各方面正在提供越来越多的相关资源。

2　说出感受，两代人相互“靠近”

小叶与丈夫都是独生子女，他们有一个上小学三年级的儿子。小叶、她爸妈和她公婆三家都在一个城市，小叶家跟爸妈家比较近，离公婆家稍远一些。所以小叶请爸妈白天来家里照顾孩子，晚上交接班的时候自己和爸妈还能见见面，小叶觉得这也能让他们有点儿事干，少些孤单。

妈妈不满意，女儿也不知道该怎么做

绝大多数中老年人都期待子女和孙辈的陪伴，这最能带来欢乐、慰藉和希望。然而有时中老年人对晚辈的陪伴并不满意，对陪伴的“获得感”不强。小叶没少为这事发愁。

多数时候小叶爸爸负责接送外孙上下学，外孙正是对事物又好奇又似懂非懂的年龄，上下学路上和姥爷天南海北地聊，小叶爸爸乐此不疲。有时候遇到不知道的事情，小叶爸爸就上网查，他说他现在也是学生，学习的动力全都来自外孙。

小叶妈妈通常负责做午饭和管外孙午睡，但小叶妈妈并不喜欢这项任务。小叶妈妈常抱怨外孙不听话、不懂事，而且嘴太刁、挑食。外孙也不乐意姥姥总管他。

小叶爸爸喜欢看电视，小叶妈妈觉得乱，很少一起看；如果外孙在，家里就更吵闹了。小叶妈妈觉得家里没个安静的地方，自己孤零零又无处可待。

小叶妈妈喜欢做十字绣，小叶逢节日和妈妈生日常会给她买，小叶妈妈每次都表情平淡地收下。

小叶和丈夫工作都很忙，每天晚上回到家跟爸妈交接时，他们经常顾不上和爸妈多说几句话就又立即各忙各的去了，有时候连爸妈什么时候走的都不知道。

小叶和丈夫每年都很努力地做规划，把两人的年假凑在一起，趁孩子假期时一家三口出去旅游，他们觉得每年小家庭的旅游是他们繁忙工作的“奔头”之一。

每次旅游回来之后的几天里，小叶妈妈总会找到一个机会训斥小叶一顿，说小叶和小叶丈夫一点儿都不关心她，这个闺女算是白养了。小叶有时委屈得直掉眼泪。小叶问妈妈：“你究竟希望我怎么做？”小叶妈妈不肯说。

小叶爸爸会偷偷安慰小叶，让小叶别往心里去，说：“你妈就那样，过一阵儿就好了。”

小叶想不明白：都在一个环境里生活，自己都是一样地陪伴，为什么爸爸就能乐乐呵呵，妈妈却总说自己不关心她呢？

陪伴获得感不强的五种情况

在以下情况中，中老年人会觉得子女对他们的关心不够，对陪伴的获得感不强。

第一种情况，子女没有达到最基本的要求，没有满足中老年人的最基本需求。例如，子女不赡养父母，或者子女对父母的态度恶劣等。小叶家不存在这种情况。

第二种情况，子女没有感受到中老年人的陪伴需求，所以没有提供相应的陪伴。例如，小叶妈妈可能希望和女儿一起旅游，但女儿没有发现妈妈的这个需求。

第三种情况，子女提供了陪伴，但与中老年人的陪伴需求有差别。例如，小叶觉得让父母照顾外孙会让他们减少孤单，小叶爸爸满足于这种生活，但小叶妈妈又生出很多抱怨，这减弱了小叶妈妈对陪伴的获得感。

第四种情况，子女提供了陪伴，满足了中老年人的某些需求，但中老年人感受不到。例如，小叶经常根据妈妈的兴趣喜好送她十字绣等礼物，但小叶妈妈已经习以为常，不能从中体会女儿的用心，不会因此而增强获得感。

第五种情况，中老年人的陪伴需求不仅仅针对子女，子女的陪伴无论如何也无法满足中老年人的全部需求。

问题摆出来了，怎样解决呢？

第一种情况，更需要从道德、法律层面解决。

第五种情况，将在本章第 3 节中讨论。

本节要讨论的是第二、三、四种情况，它们的共同症结是：子女提供的陪伴与中老年人的需求两者之间不够契合。

这是两代人共同的问题，所以需要两代人一起努力、相互“靠近”。当然，要付出更多努力、需要“多走几步”的是年轻一代。

年轻人接纳父母“无力”的一面

年轻人要逐渐了解真实的父母，接纳父母“无力”的一面。

小叶以前常跟妈妈说，别整天老皱着眉头，别老冲她爸唠叨。小叶觉得她爸够好的了，哪有那么多可埋怨的。可她妈妈不仅听不进去还很生气，有一次发完脾气居然哭了。看到母亲流泪的样子，小叶感到莫名的不安，从此不敢再提这个话题。

当父母忍不住流露出真实的情感、表现出软弱无力的一面，有时会“吓”到年轻人。因为在年轻人的心目中，父母一直是坚强的、成熟的，即便不是坚实的磐石、强壮的大树，至少也能轻松做到自力更生、悠然自得。

有些中老年人自己也这样想，他们习惯报喜不报忧，遇到困难就硬撑着，撑到实在撑不住了，才把困难告诉子女。越是硬撑，到撑不住时越容易爆发，就像小叶妈妈突然哭起来。

如果把刚生下来的婴儿的心灵比喻成一枚光滑圆润的鹅卵石，那么人到中老年，这块心灵石头上可能已经布满了细小的碎纹，甚至有的边角还有缺损，深处有裂痕。因为没有人能够在纯粹的顺境中毫无压力地度过一生，谁都经受过恐惧、焦虑和强烈的内心冲突。有些裂痕是自己能够感受到的，有些则压在内心深处，它们只有在被某些触碰提醒时才会模糊地出现在记忆中或梦境里。而自然衰老和其他生活苦恼，又给这枚旧鹅卵石增加了或轻或重的压力。

有些中老年人发现了自己和同龄人所处的困境，他们有勇气向年轻人表达。戴伯伯是我尊敬的一位长辈，他曾对我说："人老了，看着受尊敬，其实没资格说心里话。孩子，咱们都记着，什么年龄的人都是人，而且我们现在比以前弱，我们现在比以前更需要你们的关心。"

如果小叶能够接纳母亲也有软弱无力的一面，她就不会过于惊讶，可以让自己处于帮助、倾听的角色。而小叶妈妈也可以选择及早表达自己的困难。

年轻人克服困难，对父母增加关注、增加陪伴

年轻人希望多陪伴父母，但经常遇到各种困难。有些困难的确难以解决，子女和父母只能相互理解，而有些困难或许可以克服。

有些年轻人在外地工作，没有太多时间在父母身边陪伴。好在现在信息技术发达，很多年轻人教会父母用微信等方式视频聊天。现在交通也越来越发达，异地互动比任何时候都更方便。另外，如果条件允许，父母去子女身边租房团聚会有更好的效果。

有些年轻人缺少关注中老年人的精力。如果家里有小孩子，年轻父母工作之余的精力都在孩子身上，忙孩子的吃、喝、穿、用，上学送、放学接，晚上辅导功课，周末还得上辅导班……一天一天，一周一周，

围着孩子就过完了。

其实如果年轻人能够想通关心父母和照顾孩子并非“零和博弈”，不是这边花了心思、那边就少了关心，而是可以合二为一的，这一点或许就容易解决了。

一方面，年轻人关心父母是对孩子的行为示范。说得“功利”一点：年轻人尊重中老年父母，幼年子女就会尊重年轻的父母；年轻人对父母多一些耐心，就会在自己中老年时多收获一些来自子女的理解。

另一方面，我们都知道孩子不能缺少父爱和母爱，但也要知道孩子同样需要祖辈的爱，因为祖辈代表传统、代表家族，祖辈能给孩子带去深厚的安全感和归属感。同时，祖辈的传统观念，比如勤俭节约、艰苦奋斗，恰恰是今天的孩子们特别需要的。

有些年轻人存在心结，与中老年父母的交流不顺畅。小叶说，她跟父母说话的感觉像是在淤泥中走路，黏糊糊的，鞋上带着厚厚的泥，每一步都很沉重。她觉得跟父母说话累，尤其跟她妈妈说话比上班还累。在一些家庭中，两代人间的心结非常严重，以至于不愿见到对方。

倘若老师说孩子的学习有短板，年轻的父母会积极地给孩子找课外辅导班去提高；同样地，当发现自己与父母关系相处中存在难题，年轻人也可以通过主动获取专业知识、专业方法、专业渠道去处理。现在人们越来越多地阅读心理健康书籍、听心理健康课程，而且越来越能接受心理门诊、心理咨询等专业心理服务方式，这些都有助于解开心结。

温馨贴士

孤独“滋生”时，年轻人多多雪中送炭

年龄越大，越容易孤独。

身体状态越不好，越容易孤独；体育锻炼越少，越容易孤独；生病的时候，更容易孤独。

某些歌曲、音乐和电视节目能突然触发孤独的情感。

在节假日、某些特殊的日期，会感受到更多孤独。

热闹陡然消失之后可能更容易孤独，比如春节假期之

后的几天。

好热闹的人身边突然冷清下来时，更容易孤独。

……

在父母长辈容易孤独的时候，年轻人可以尽量给予陪伴或关心，至少不要忽视他们的需求。

少“猜心思”

在小叶的故事中，小叶妈妈不告诉小叶自己需要什么样的陪伴，她对小叶很失望，小叶也感到为难和委屈。同时，小叶也没有把自己的感受和设想向妈妈充分表达。比如小叶安排爸妈多管外孙，原本是好意，但妈妈却不满意，就此事小叶缺乏与爸妈和公婆的细致沟通。再如在旅游的问题上，小叶和妈妈也缺乏交流。

两代人的做法都像是让人“猜心思”。

猜心思就是我们不告诉对方自己的想法，让对方去猜。这有时是一种生活情趣，比如谈恋爱的时候这样做蛮有趣，也能测试默契度，日常生活偶尔猜猜心思可以制造小浪漫。

然而如果有人把“猜心思”当成一种生活习惯，他们就容易失望。当他们有需要时，自己不告诉别人，而是让别人猜，能被别人猜得到还好，否则结果只有失望。因为他们自己喜欢或者说习惯于“猜心思”，所以也觉得别人喜欢和习惯于被“猜心思”。他们往往根据猜测去帮助别人，倘若猜不对，无论他们怎么付出，对方都不会满意，于是他们觉得对方不懂得感恩，结果还是失望。

为什么有的人喜欢让人“猜心思”而不主动表达需求？有以下几种常见想法。

一是主动说了，得到等于没得到。他们说：“别人自愿给的才是最好的，自己要来的不算数。”

二是主动说就像强迫。有中老年人说：“孩子都很忙，如果他们不主动说回来看我们，我们也不主动问，总不能让孩子为难吧。”

这是摄影师宁舟浩拍摄的一对百岁老人的家庭聚会，一家五代八十一人，阿公阿婆被儿孙环绕，非常高兴。据说，还有大约四十人因为工作等原因没能赶回来。

绝大多数中老年人都期待儿孙的陪伴，这最能带来欢乐、慰藉和希望，也是晚辈给他们的最好的礼物。

三是主动说等于乞求。他们说："主动要求就好像我们求着他们似的，我们也犯不上低三下四。"

四是不主动给，就不主动要，无所谓。他们说："他们愿关心就关心，我们反正怎么都能过。"

五是无奈。他们说："我们主动说，他们也不听呀。说了也白说，不如不说。"

"主动表达"是搭建心灵之间的桥梁

两代人之间心思难猜。任何两个人都不可能完全一致，何况两代人之间还有"代沟"。要想弥合双方的差异，只能靠主动表达，主动表达就是在搭建心灵之间的桥梁。而且，只要两代人之间有相亲相爱的情感，即便主动表达也不存在谁强迫谁、谁乞求谁。

当然，即便主动表达了自己的需求，别人也不一定能帮我们满足，这也是人之常情。然而，只要主动表达，两代人就可以商量。商量之后能找到办法最好，即便没办法，也可以知道各自的想法，知道对方为什么达不到自己的要求，心里也更容易释然。

隔了一段时间，小叶又和妈妈做了一次交流。这次她学习了一些方法，比往常更耐心。

她对妈妈说："我感觉挺难过的，因为每次我们旅游回来，您都不太高兴。我不希望您不高兴。您对我们旅游有什么看法吗？能说说您的感觉吗？"

小叶妈妈一开始反复说"我没意见""我没感觉""我没不高兴"。小叶又经过一段耐心的交流，小叶妈妈才选择试着感受自己的感受，并说出自己的感受。

小叶妈妈说："……我可能是有点儿不高兴。……我能高兴吗？你爸也不愿意出去旅游，你们出去了，我在家更烦了。"

小叶说："哦。对不起，这几年我们一直自己旅游，没注意到您的感受。不过……实话实说，我们俩每年就几天年假，我更想我们单独带着孩子出去玩。我们俩平时太忙了，我们太需要这样的旅游……"

小叶妈妈抢过话来，说："这些不用你说。我能不知道吗？我也不想打扰你们。"

小叶又说："谢谢您理解我们。不过，平时周末咱们也一起出去玩过呀，去公园、去爬山。"

小叶妈妈只"嗯"了一声。

小叶说："您希望去更远的地方，是吗？"

小叶妈妈说："……不用管我，你们该旅游就去旅游。我也希望你们小两口好好的。"

小叶笑着说："哪能不管您呀，咱们家谁敢不管您呀。"

小叶妈妈认真地说："谁管我呀？你们谁管我呀？你们旅游又不带

我去，你爸也不跟我去，我不想自己一个人参加旅游团。”

小叶说：“旅游这个事是我们考虑不周。我得教育我爸去！不过，他在别的方面多关心您呀。我们也关心您呀。我怕您平时无聊，所以让孩子多陪你们……”

小叶妈妈抢过来说：“你爸他不愿意出去玩，就喜欢在家待着，他喜欢忙孩子的事。有时候中午他俩一块儿闹，闹得我头疼。”

小叶说：“嗯，这事儿您放心，我们肯定能处理好。我回去就和他爸商量一下，以后你们和他爷爷奶奶轮换一下，不然就让孩子中午去‘小饭桌’，不能让您太累了。”

小叶妈妈说：“倒也不至于多累，也不是管不了……”

小叶说：“反正咱们以后多商量。还有旅游的事，告诉我们您想去哪儿玩，咱们一起想办法……”

小叶妈妈说：“要想你想，我不想。再说你们有什么办法啊，你们也不会带我去。”

小叶说：“对对，我们想办法，给您汇报。比如趁周末去个稍远一点儿的地方，住一天再回来……”

说出感受，找到需求，商量办法

上述文字简化了母女俩交流的细节内容，但保留了交流的核心过程。小叶和母亲交流的过程就是：说出感受，找到需求，商量办法。

第一步，说出感受。比如小叶一开始就说“我感觉挺难过的”。说感受常常以“我觉得……”“我感到……”开头，后面是人类共通的心理感受，比如高兴、感动、自豪、好奇、满足、舒服、急切、兴奋、释然、感恩，再如生气、忧虑、焦虑、困惑、痛苦、尴尬、勉强、悲伤、泄气、无助、失望，等等。

感受是直接的、感性的，感受不是评价。比如有人喜欢说：“我感觉你不对，你就不该那样做！”这话并不是感受，而是评价。说这话的人的感受可能是：“我感到失望、烦躁、愤怒……”

感受是最真实、最深入内心的东西，如果不把它拿出来，交流常常会远离真相。小叶妈妈直到说出自己“有点儿不高兴”，母女的对话才真正开始。

第二步，找到需求。找需求是从不舒适的感受出发，去寻找产生不舒适感受背后的需求，常常以“我需要……”“我希望……”开头，后面是人类共通的需求。比如小叶妈妈的需求可能是被尊重、被关心，还有对在远途旅游中能获得的某些东西的需求。妈妈的需求可以成为今后小叶陪伴妈妈的重点。

第三步，商量办法。有需求未能得到满足，就要想办法去处理。世上没有完美，哪怕子女和父母之间也没有完美匹配，只能让双方努力相互靠近：通过商量，子女可以调整自己所能提供的陪伴，中老年人可以调整自己的需求和心理预期，这样就可能得到最佳的陪伴获得感。

当然，这三步并不容易做到。本书后续篇章，尤其是第二、三、四、五章，都会继续讨论如何更有效地“说出感受，找到需求，商量办法”，让人与人相互靠近。

温馨贴士

陪伴事项自我问答

•如果您是中老年父母，请做以下操作：

1. 子女陪伴您时，一起做得较多的是哪些事项？在这些事项上各画一个对钩。

2. 您现在最希望子女陪伴您做哪些事项？在这些事项上各画一个圆圈。

3. 填写之后，可以给子女看看。

•如果您是中青年子女，请做以下操作：

1. 您陪伴父母时做得较多的是哪些事情？在这些事项上各画一个对钩。

2. 您认为父母最希望您陪伴他们做哪些事情？在这些事

项上各画一个圆圈。

3. 填写之后，可以给父母看看。

请注意：如果多人看的是同一本书，请用不同颜色的笔勾画。

陪伴事项列表：

★吃饭，做饭。

★逛菜市场，逛早市，采摘。

★逛生活用品超市，逛服饰店，逛其他商店。

★打扫卫生，大扫除。

★添置生活用品，更换家具，更换电器，维修家具，维修电器。

★周末回家看望，带孙辈玩。

★参加大家族聚会，看望其他长辈。

★面对面聊天，网络聊天，表达情感，交流日常生活点滴，倾听。

★讨论养生，了解健康状况，陪伴检查身体，陪伴看病。

★过年，度假，庆生日。

★送礼物，给“孝敬钱”。

★看电视，看电影，看书。

★跑步，打球，打牌。

★唱歌，跳舞，听音乐，听音乐会。

★逛附近的公园，散步，遛狗，郊游，长途旅行。

陪伴意愿自我问答

● 如果您是中老年父母，请就以下题目选择“是”或“否”。

1. 子女工作很忙。（是，否）

2. 子女抚养孩子等家务负担很重。（是，否）

3. 子女经常感到疲惫。（是，否）

4. 子女经常表达陪伴的愿望。（是，否）

5. 您感觉子女在尽力、用心陪伴父母。（是，否）

6. 当子女陪伴您之后，您会用自己的方式表达“你们的这些陪伴和心意我们感受到了，我们很高兴”。（是，否）

选完，可以与子女交流一下。

• 如果您是中青年子女，请就以下题目选择“是”或“否”。

1.“陪伴事项列表”里面的一些事情您想做，但没做。（是，否）

2. 您精力不足。（是，否）

3. 您感觉父母很体谅您的困难。（是，否）

4. 当您陪伴父母之后，父母常会用他们的方式让您知道：“你们的这些陪伴和心意我们感受到了，我们很高兴。”（是，否）

5. 当您父母表达了上条所述心意之后，您会因此而感到家庭的温馨。（是，否）

6. 您会更努力，更多地陪伴父母。（是，否）

选完，可以与父母交流一下。

3　别人的陪伴不够，自己怎样陪自己

人人都会孤独，人人也都有一部分孤独需要自己面对。有时候，无

论子女怎样努力，也无法满足中老年人的全部需求。

冯爷爷和郑爷爷都同意这个说法。

冯爷爷和郑爷爷

冯爷爷从树下捡了只刚出生还没长毛的小麻雀。都说麻雀难养，冯爷爷也从未养过鸟，大概是缘分，小麻雀居然被养大了。

小麻雀并不总在笼子里，它经常在屋里自由活动，飞累了会落在冯爷爷头上、肩膀上。即便是正飞着，他一招呼，它就过来。

冯爷爷常跟麻雀聊天。

冯爷爷说：“我养的鸟比谁都好。”

轮班收拾屋子、做饭、洗衣、打扫、陪伴他的子女又好气又好笑，说：“让你的小鸟伺候你吧。”冯爷爷也“嘿嘿”笑笑。

冯爷爷说鸟好，一半是开玩笑，他并没有嫌子女照顾不周的意思；但一半也是认真的，老人是在说自己的需求是子女无法完全满足的。

冯爷爷的故事多少有些特别，郑爷爷的更特别。

郑爷爷年轻时很帅气，做事认真。他照顾瘫痪老伴儿多年，在忙碌之余还练习书法、读报、看新闻，生活比较充实。老伴儿去世不久，他自己的慢性病就加重了，行动逐渐不便，对照顾他的子女的脸色越来越难看。

孙辈都已成年，与祖辈隔得更远。孙辈偶尔去探望时，郑爷爷不知说什么好，没话找话，随口说出的都是自己冷眼旁观生活琐事的苍凉话。在孙辈看来，郑爷爷太严肃，而且三句话就有一句近乎刻薄。

郑爷爷一直把老伴儿的骨灰放在身边。子女觉得别扭，也怕这会影响老人的心情，劝他把骨灰下葬，但郑爷爷从未理会。

老人的心声没有多少人能够听懂。孙辈因为太年轻难懂，以为自己的父辈和祖辈都上了年纪，他们之间会很懂，其实父辈和祖辈也是两代人，他们相互也难懂。所以老人更怀念相濡以沫的老伴儿。

郑爷爷并不是个例，我知道好几位老人把老伴儿的骨灰放在身边。

去上海参观过巴金故居的游客，或许会了解到巴金先生也曾把老伴儿萧珊的骨灰放在卧室的五斗橱上。

冯爷爷和郑爷爷，两位老人的老伴儿都先他们去世，他们每人都有三个或更多子女，被子女们轮流照顾和陪伴，他们自己或者是子女的经济条件都不差。然而，他们仍在承受孤独。

有时自己更能帮助自己

上面例子的老人都是单身老人，单身老人大都有强烈的孤独感。再婚可以减少单身老人的孤独感。然而，一方面，即便与配偶一起生活，人们有时也会感到孤独；另一方面，中老年人的婚姻是个比较大的话题，所以我们暂且不在婚姻角度进行讨论。

我们关注的是：有些心理需求，不是他人能满足的；孤独造成的心理空缺不是他人能全部填满的，自己对自己的陪伴是减少孤独不可或缺的一部分。

这是因为人类心理有巨大的“进食量”，像一头随时要咀嚼的牛，片刻不能闲。人总有独处的时候，解决心理的饥荒不可能时时刻刻都依赖于别人的陪伴。

这更因为一些痛苦难以依靠别人的陪伴而消除。有人说：“有很多这样的时刻，你惊心动魄，而世界一无所知；你翻山越岭，而天地寂静无声。人生说到底，是一场一个人的战争。”这描述的不就是老人的生活吗？

这还因为处于孤独中的人，如果只是顾影自怜，就会被孤独毫不留情地折磨、向下拉，连已有的陪伴也失去作用；发挥自己的作用，更能够帮到自己，或许还能发现其中的乐趣。

孤独也有乐趣

孤独有两副面孔，一副是“苦”，另一副则蕴含着“乐”，是每个人成长中需要适度拥有的心境。

五〇后女作家陈丹燕喜欢独自旅行，她在《我的旅行哲学》中说："独行就是自由进入自己。倾听到的，都是自己内心的声音。自己终于走进了自己的内心，在那里翻翻检检，洗洗刷刷，好像一次丰富而漫长的告解。旅行二十二年，渐渐我理解了自己。"

在孤独中，我们有机会理解自己内心深处的情感和需求。比如，应酬过多的人，有时希望能"静一静"，否则会迷失自己；做研究的人，希望自己能够耐得住寂寞，从而能够扎实细致；艺术家、哲学家常常需要闭关去寻找灵感和敏锐的体验；当我们想理清思绪、考虑复杂问题时，也常常需要足够的独处时间。

当我们身处孤独并尝试寻找孤独的原因和减少孤独的方法，当我们在孤独所伴生的自由清静中尝试着发展个人的兴趣爱好，孤独就向我们展现出了第二副面孔。孤独会帮我们了解到更真实、更丰富的自己和更广阔、更深邃的世界，孤独会给予我们乐趣和收获。

本书后续篇章，尤其是第六、七、八章，都在讨论如何在孤独中获得乐趣。

在心理层面减少痛苦，增加乐趣

中老年人面对一些共同的现实问题，比如身体自然老化，疾病，还有些人会有如经济拮据、配偶或子女患病等生活困难。中老年人一面要应对现实问题，一面还要保持心理成长、学会在孤独中找到乐趣，这个期待是不是有点过高了？

我去问老师。

老师说："人生有很多现实问题。我们首先要在现实层面努力，但并不是所有问题都能完美解决。在心理层面的工作可以减少问题带来的痛苦，这也是一种帮助。"

老师说："老龄化在全世界是普遍性的。在一些发达国家，比如我们的近邻日本，因为人口老龄化程度高，出现了一系列突出问题。提高中老年人的生活质量，需要全社会一起努力，包括中老年人自己。”

老师又说：“年轻人以为人生像坐滑梯，只要爬到一定高度，到老年就会轻轻松松；中老年人知道人生是由自然规律所决定的一路攀登的旅途，爬过一个坡接着又一座山。”

老师最后说：“要信任中老年人，他们知道自己能做到什么，他们会选择对自己有帮助的做法。你，作为作者，为读者提供力所能及的内容；作为子女，为父母提供力所能及的支持。然后你对他们、对自己都给予耐心和包容。”

我用了很长时间理解老师的话。我把自己的思考和理解融入序言“不完美生活中的不完美努力”和其他文字中。

十句话回顾

* 孤独之于心理，就像饥饿之于身体。
* 应对孤独最基本的方法是获得陪伴，包括家人朋友的陪伴、自己对自己的陪伴、社会提供的陪伴等。
* 世上没有完美，哪怕子女和父母之间也没有完美匹配，只能让双方努力相互靠近：子女多根据父母需求来陪伴和关心父母，父母调整一部分难以满足的需求，这样就得到最佳的陪伴获得感。
* 年轻人要逐渐了解真实的父母，接纳父母“无力”的一面。
* 年轻人关心父母和照顾孩子并非“零和博弈”，孩子同样需要祖辈的爱，因为祖辈代表传统、代表家族，祖辈能给孩子带去更深厚的安全感和归属感。
* 只要两代人之间有相亲相爱的情感，即便主动表达也不存在谁强迫谁、谁乞求谁。
* 沟通的过程：说出感受，找到需求，商量办法。
* 感受是最真实、最深入内心的东西，如果不把它拿出来，交流常常会远离真相。

* 孤独造成的心理空缺不是他人能全部填满的，自己对自己的陪伴是减少孤独不可或缺的一部分。

* 孤独有两副面孔，一副是“苦”，另一副则蕴含着“乐”，是每个人成长中需要适度拥有的心境。

第二章

善良的人值得有“好脾气”

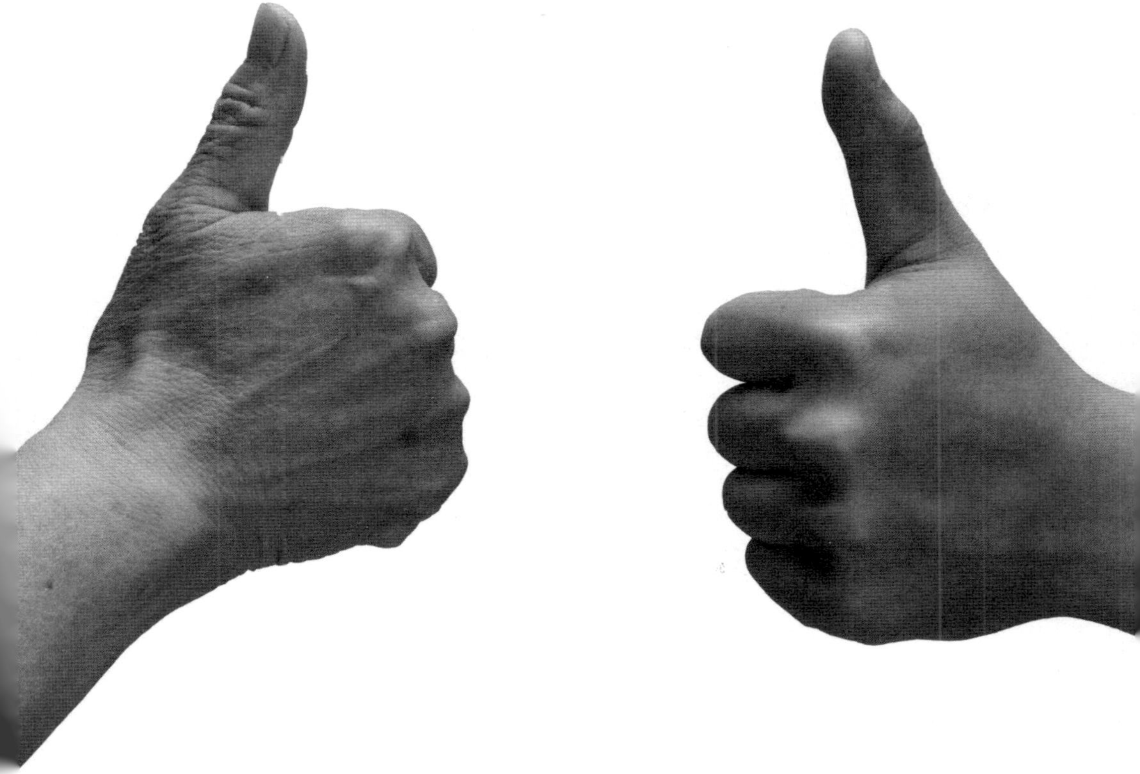

“刀子嘴、豆腐心”会制造遗憾。

小孩子，本能地躲避“坏脾气”的长辈；就算是成年人，又有多少人愿意亲近情绪不稳定、说话难听的亲友呢，哪怕知道他心底柔软。

1 “好脾气”和“坏脾气”

十岁那年，一次我和爷爷从外地回家，火车离到站还有十分钟，爷爷喊我和他一起去车厢门口等着。我没动，说：“还早吧。”爷爷又催促一遍，我说：“还早呢，等火车快进站台，咱们再过去吧。”爷爷火了，瞪着眼，大声呵斥我：“你这孩子！怎么不听话呢！非得让人发火吗！”我有点蒙，旁边的乘客也吓了一跳，小声跟我说：“出门要听大人话，快过去吧。”我只好到车厢门口呆呆地等了十分钟，心里有些困惑，有些难过。

小孩子只听到呵斥

那年夏天有点特别，学校放假后我和爷爷一起住在外地的亲戚家，十几天爷孙俩相依相伴，其间虽然两人的话仍旧不多，但彼此越来越亲近，所以我才敢于在回程的火车上表达自己的不同意见，结果得到的是呵斥，连解释都没有。怎么也没想到这段温暖的旅行竟然会画上这样一个冷冰冰的小尾巴，我觉得爷爷一定烦我了，回到家我仍闷闷不乐。

两天后爸跟我说：“你爷爷说有一天他自己出门回来晚了，你担心得吃不下饭，他很感动。他还说这趟旅行最开心的就是和你在一起。”

我惊讶，更加困惑。这些话真的是爷爷说的吗？他为什么从来没跟我这样讲过？爷爷对我真的满意吗？如果对我满意，他为什么还会像在火车上那样发火？还有，我的建议有错吗？这些问题我都想不通。

我们的交流并没有因为这趟相依相伴的旅行而增多。

十年二十年三十年过去，我逐渐理解了爷爷当时的愤怒。青年时代的经历给他留下了雷厉风行、多做少说的烙印，而且他也习惯于上下火车要给时间留足提前量。当时他一个人带着半大的孙子，担着责任，更添几分小心。因此我对他的命令反应迟钝就足以让他想发火，我对他的反复催促还“自以为是”地辩解，让他忍不住呵斥。

然而，以我当时的年纪只能听到他的呵斥。

庆幸那年夏天的记忆仍能浮现，让我能够重新感受、消化。我在脑海里制作出一段我们爷孙俩从火车上下来后的视频：

爷爷转过身来，看着我略微迟疑了一会儿，然后把手搭在我的肩膀上，对我说：“我刚才感觉很着急，我需要保证你的安全，我们早去车厢门口，可以确保我们从容地按时下车。而且我知道你的想法是有些道理的，以后我们可以继续讨论。”

那个十岁的小孩眨眨眼睛，咧嘴笑了……

“刀子嘴、豆腐心”

不只爷爷，我还有几位长辈也是不擅长管理情绪、容易发怒的急脾气，但他们心里的话永远比嘴上的话柔软，有人管这叫“刀子嘴、豆腐心”。

嘴上的话是“表”，心里的话是“里”。“里”固然重要，在日复一日的平凡生活中，“表”也重要。

“表里不一”，常常被用作贬义，形容一个人嘴上说得好听、心里想法并不一致。“刀子嘴、豆腐心”也是一种“表里不一”，这种“表里不一”虽然不是“坏”，但也有弊端，比如让人难以亲近。孩子即便知道长辈心里疼爱自己，仍然本能地躲避脾气不好的长辈。就算是成年人，又有多少人愿意亲近说话难听的亲戚、同事、同学呢，哪怕知道他心底柔软。

我和爷爷的交流比应有的少，我替爷爷和自己遗憾。

这种遗憾似乎发生在很多人身上。在一些情境中，巧言令色的人不负责任却占尽便宜，黑脸善心的人扛了事情却跌了跟头。

所以，善良的人值得有“好脾气”，为自己，为家庭，为社会。

“好脾气”，是情绪管理水平高

“好脾气”和“坏脾气”的主要差别在于情绪管理水平，尤其是对愤怒情绪的管理水平。

什么是情绪？情绪有以下三方面的表现：一是喜、怒、哀、惧等心理感受，二是语调、面部表情、身体姿态等外部表现，三是如心跳加快、血压升高等生理反应。

情绪有不同的强度状态，例如愤怒有微怒、怒、大怒、暴怒、狂怒等状态。不同强度下，人的心理感受、外部表现、生理反应不同。

情绪分“正性情绪”和“负性情绪”，前者也叫“积极情绪”，如快乐；后者也叫“消极情绪”，如愤怒、悲伤、恐惧。

之所以不说“好情绪”“坏情绪”，是因为如果把某种情绪定义为“坏”的，则它似乎应该被杜绝、被全面压制。其实，每种情绪都对人类的生存有意义。

如果用天空作比喻，平静的心境像秋天晴朗湛蓝的天空，愤怒的心境就像夏日的厚厚乌云、电闪雷鸣和狂风暴雨；如果用大海作比喻，前者是海天一色、风平浪静，后者是惊涛拍岸、浊浪滔天。

少有人喜欢暴雨和浊浪，但它们是大自然中不可缺少的存在，暴雨带来降水，浊浪把海底的养分翻到表面，它们都能带来生机。

同样，愤怒虽然是负性情绪，却也是人之常情。偶尔有短暂的、轻微的愤怒情绪对身心健康可能利大于弊，对生活可能也有积极作用。比如愤怒让人们产生动力去纠正不适当的事情，改变不满意的状态。

然而，就像持续的暴雨和巨浪会造成生态灾难，过于强烈和过于持久的负性情绪不利于身体健康，也不能适应人际交往的需要。所以我们处于愤怒等消极情绪时，常会运用某些方法进行调适，这些方法的运用就是“情绪管理”。

人老了脾气会更坏吗?

人老了脾气会更坏吗?并不是这样。多数人随着年龄增长，情绪管理水平在提高。

《生命全程发展心理学》一书中提到:有研究数据显示，青年和老年经历正性情绪的频率差不多，而负性情绪从三四十岁到六十岁变得越来越少，六十岁以后有明显的下降趋势。这说明中老年人能够比青年更好地进行情绪管理。

多数情况下，当我们遇到一位脾气不好的中老年人，他的“坏脾气”可能并不是来自年龄，而是来自其他个人原因:可能他刚刚因为家中变故遭受了打击;可能他缺乏对自己的了解，缺乏情绪管理的方法，而且很可能他年轻时就这样;甚至，他可能罹患了某种影响心理状态的疾病。

每个年龄段的人都可能偶尔心理状态不好，每个年龄段也都有心理异常的人。

年轻人对中老年人脾气坏的印象可能恰恰来自过度理想化的期待。有些人觉得中老年人应该是情绪管理的楷模，应该事事稳重沉着、时时不急不躁，一旦遇到中老年人负性情绪爆发的情况就会惊讶、失望，并留下深刻印象。少数中老年人的不明原因的极端表现在网络广泛传播，这把“坏脾气”的“大帽子”扣到所有中老年人头上，少数年轻人会因此对整个中老年人群做出言辞激烈的批评。

所有年龄段的人都应该注意“养心”，理解自己在情绪管理方面的困难，学习更有效的情绪管理方法，并且通过养心养身相结合来保持身心健康，这样就会有“好脾气”。

温馨贴士

生理因素对情绪管理水平有影响

某些疾病会让病人处于容易愤怒的状态，某些疾病会导致智力的不可逆的退化，某些疾病本身对情绪没有直接影响，但是患病的状态也会影响情绪。

如果有人突然无理由地变得脾气很坏，这可能是某些疾病的征兆，请不要忽略生理原因，应去做相关检查。

受生理因素影响的问题需要医学治疗，或者根据医生的建议在医学治疗的同时结合心理咨询等心理方面的处理。排除了生理因素的一些情绪问题，可以从心理方面理解和处理。

在小事上管理好情绪，生活质量就能大幅提高

情绪管理能管理到什么程度呢？

苏轼的父亲苏洵有篇讲军事原则的文章《心术》，文章开篇就说：“为将之道，当先治心。泰山崩于前而色不变，麋鹿兴于左而目不瞬，然后可以制利害，可以待敌。”大意是：作为一名称职的将领，首先要修身养性。能够做到泰山在眼前崩塌也不慌张、不害怕，麋鹿在身边跑跳也不分神，这样才能够准确捕捉战局的利害关系，才可以战胜敌人。

社会对政治家、军事家提出极高的心理素质要求，因为他们在承担重大责任的时刻必须理性。普通人倘若具备这种素质，遇到极端情况时就能够处理得更有效率，但这毕竟是极高的要求，不是常规要求。

生活中多数引发负性情绪的事情都是小事，只要管理好小事上的情绪，生活质量就会有大幅度提高。同时，小事上积累的情绪管理经验也能潜移默化影响到对其他问题的处理。

情绪管理是个大话题，本章只讨论愤怒情绪的管理，而且只讨论容易处理的小事。

2 愤怒背后都有“需求不满足”

所有的愤怒都有原因。我们可以从下面三个故事中寻找规律。

恼羞成怒，背后是希望维护自尊

西部某区某地质公园内分布着天然形成的石柱、石塔、石墙，整个公园像一个自然雕塑展览馆。

公园很大，游客们乘坐观光大巴从一个景点到下一个景点。到某个景点之前，讲解员特别强调：“这个景点跟前面几个的玩法不一样，请大家一定注意。指示牌以里是保护区域，不可以走进去哦。”

下车后，二三十位游客都在停车点附近玩，这边地势较高，既然不让进去，大家就在这里观景拍照，只有两位七十岁上下的老人手挽着手继续往前，逐渐靠近了与指示牌水平的区域。

一开始没人去提醒他们，因为他们是全车年纪最大的游客，他们手挽手的动作又是那么亲密温馨，没人觉得他们会越界，也没人想打扰他们。等到发现他们接近边界也没有停步的意思时，年轻的女讲解员才赶忙用扩音器大声喊：“快回来，进去要罚款。”

听到喊声，两位老人扭头，看到大家都在三四十米外的高处，愣了一下，急忙往回走。他们相互搀扶着，尽力快走，但回来是上坡，他们走得非常吃力。

来到车边，大爷表情严肃，他让大妈先上观光车休息，自己来到讲解员跟前。讲解员还没说话，大爷抢先说：“你们又没说不让往里走，为什么进去还要罚款呢？”讲解员客客气气地回应：“大爷，下车前说了不能进去。”大爷扫视其他人，期待得到事先没提醒的佐证，可惜没有。

大爷有点惊讶，更加着急，说：“别人听见没听见我不管，反正我没听见，这是你们的问题啊。再说，我往里走的时候为什么不管，非要罚款了才叫我？”大爷口不择言，后来干脆给讲解员讲道理，还说“应该竖立更大更醒目的指示牌”“应该用护栏围起来”“应该用大喇叭不间断播放提示”，他越说越激动，脸都涨红了。

讲解员虽然年轻，但训练有素，一直保持着耐心的微笑。她再三说“您刚到边儿上，还没踩进去，不会罚款”，然后反过来安慰大爷，还给他递矿泉水。

大爷听到不罚款，表情放松了一些，但他继续讲自己的道理。周围的游客没有火上浇油，没有乱插嘴指责任何一方，而是配合讲解员安抚老人。大爷讲了一阵，在大家“对对，您说的也有道理”的附和声中回到车上。这段小插曲于是平和收场。

其实，这对老人相伴相依，一起感受山河美景，一起承受舟车劳顿，又浪漫又勇敢，大家对他们是羡慕加钦佩。所有人都相信他们因为聊天太投入、看到景点太兴奋、加上轻微的耳背而没有听见讲解员说规则，何况他们没违规也没受罚，老人的愤怒实在没有必要。

老人为什么发脾气呢？我们推测：大爷觉得自己犯了错，难免会自责、懊恼；在众目睽睽之下发生这事，他感觉自己像被公开示众、被人嘲笑，老人觉得羞愧。他以为自己会面临“罚款”，也不知道会罚多少钱，或许还会担心会不会被拘留，所以大爷感到焦虑、恐惧。

“恼”和“羞”影响到他被尊重的需求，焦虑恐惧让他感到不安全，这是他的两个未被满足的需求，因此大爷急于维护尊严和保护自己，但他没有找到更合适的做法，情急之下他不由自主地选择了发怒。

“恼羞成怒”是常见的现象，但发怒绝不是解决问题和满足需求的有效方法，好在讲解员和游客们一起妥善地处理了事情，并且安抚了老人的情绪。

口舌之争、斗气较劲，背后是渴望被尊重

菜市场里人很多，甲被乙的篮子碰到了，正巧碰在小腿迎面骨上，甲疼得一咧嘴。乙知道自己碰到人了，但他觉得只是轻轻一擦，再平常不过，完全没当回事，也没准备道歉。

甲没等到道歉，狠狠地瞪了乙一眼，小声但又愤愤地说了一句："没素质！"乙回瞪回去："谁没素质！多大的事啊？"甲火了，转过身面对着乙："你找事啊？"乙："是你找事。你刚才骂我了吧？是你先骂的我吧？"甲："我什么时候骂你了？再说就算我骂你，你能怎么着啊？看你横的！"乙："你承认骂我了是吧。能怎么着？我替你爹妈教训你，不能惯着你！"甲："你试试……"

甲的腿大概已经不疼了，被菜篮子碰一下通常也不至于受伤，但两人的怒火却越烧越旺，看来不能把两人的愤怒完全归因于"菜篮子碰腿"。

那他们为什么会发怒？

有人说："乙没礼貌，都是乙的错。"

有人说："素质都不高。甲也是好计较，得理不饶人。"

有人说："两个脾气'横'的人赶一块儿了，他们中有一个'好脾气'也不至于吵起来。"

还有人更进一步地说："估计他俩当时都心情不好，他们在别处有不痛快，在这里把负面情绪发泄出来。"

这些说法都有道理。他们为什么心情不好，需要发泄什么？这可能有各种各样的具体原因，但本质都是他们的某些需求没有得到满足。

比如，他们可能刚刚在别处遭受挫折，尊严受到挑战，所以在与陌生人的风险较小的冲突中，他们奋起保护自己，要在这场冲突中拼力赢得"尊严"，不让自己再受到"伤害"。

有些中老年人会为家庭琐事"寸土不让"，可能同样因为尊重需求不被满足。他们退休前可以从工作中获得成就感和尊重，退休后就只能从家庭事务里获得。别人看着小的事情在他们心里已经牵涉到尊严，那

自然要争个高低对错。

另外，当社交和情感需求严重不满足时，人们也会显得喜欢斗气较劲。极少数老人“声誉不佳”，他们经常找茬儿与家人吵架，甚至有一点儿小事就在邻里间挑起争端，扰得大家不安生。这可能因为找茬儿发脾气已成为他们得以获得关注和交流机会的方式，这至少让他们少些孤独。

挫折和失望让人愤怒

一位父亲陪七八岁的女儿在小区广场学骑车，他在后面扶着，小姑娘摇摇晃晃地尝试，这是一幅温馨的画面。然而不一会儿画风就变了。

女儿稍微有点胖，动作不协调，她蹬了几下，车子歪了，她停下来，父亲紧跟着呵斥：“走直线都不会吗！”女儿停着不敢动。父亲继续呵斥：“怎么不动了？想学就得骑啊！”女儿扶正车把，继续蹬车子，没两下又歪了。父亲的声音紧随而来：“你笨吗？一直蹬不就行了！”

父亲的语气越来越严厉，声音大到整个广场都能听见。

女儿无所适从，又紧张又委屈，哭起来，她一条腿站地上，一条腿还在车座上，哭的声音很小，擦泪的动作很慢，好像如果大哭会有更严重后果似的。

这时，附近正有几位带孩子玩的家长，他们已经尴尬了半天，女孩的哭泣使他们忍不住要去干涉别人的“家庭内政”。一位妈妈带着女儿过来哄女孩，这位妈妈反复说：“骑自行车是要慢慢学的，别着急呀。”在我看来，她看起来是在安慰孩子，实则在教育那位父亲。

这位父亲为什么会愤怒呢？我们可以猜测一下。

或许他觉得这样的呵斥是正常的，他试图用高压训练来提高女儿的练习效率，他把女儿当成资质平平又不能吃苦耐劳的运动员，而自己是恨铁不成钢又全心全意的教练员。但运动能力不是一时片刻能提高的，女儿即便这样学会了骑自行车，父女俩所付出的心理代价也会超过这位父亲的想象。

或许他看到女儿略有些笨拙的表现，就害怕自己的女儿比别的小朋友差，他敏感地为女儿的前途而感到不安。一旦他感到不安，他就愤怒，于是呵斥女儿。

或许这位父亲害怕挫折。这本来是小朋友遇到的挫折，但这位父亲仿佛感到自己遇到了挫折；这本是一个常见的小挫折，但他在小挫折中似乎感到强烈的耻辱。

需求不满足，就可能引发愤怒

从上面的例子中我们看到：愤怒的背后都有需求的不满足。

人有哪些需求呢？心理学家马斯洛认为人的需求是由以下五个层次构成的。

一是生理需求，即人对食物、水、空气、睡眠等的需求。

二是安全需求，表现为人们要求稳定、安全、受到保护、有秩序、能免除恐惧和焦虑等。

三是归属与爱的需求，是指一个人要求与其他人建立感情的联系，如结为婚姻、结交朋友、亲戚往来、参加团体活动等。

四是尊重的需求，包括自尊和希望受到别人的尊重。

五是自我实现的需求，即指人们希望充分发挥自己的才能，实现自己的理想。

一般来说，无论对儿童、青年还是中老年人，当客观事物或情境不符合人们的愿望和需求时，就会产生负性情绪，其中包括愤怒。相对轻微的不满足可能引发相对轻微的愤怒，轻微的愤怒能够被压抑较长时间。不过即便如此，只要需求不满持续存在，愤怒几乎终究会发生。

这产生两个问题：

问题一，在生活境遇相似的群体中，为什么有的人经常愤怒，而有的人却较少愤怒呢？因为人们对愤怒或不愤怒有一定的选择权。本章第 3 节将讨论这个问题。

问题二，多数人都会时不时产生愤怒情绪，当愤怒情绪产生以后，为什么有的人很容易失态，并因此受到更大损失，而有的人就能管理好自己的愤怒呢？因为后者善于发现自己的愤怒，并且在愤怒之后能够做出适当的选择。本章第 4、5、6 节会讨论具体方法。

3　愤怒或不愤怒，自己有权选择

有的人经常愤怒，因为他们放弃了对愤怒或不愤怒的选择权。他们常对别人说："你快把我把气煞了。"或者说："是你把我惹火的。"他们很被动，他们认为愤怒情绪是别人强加于自己的，并且自己不得不接受。

一会儿高兴，一会儿愤怒

徐阿姨旅游时买了块玉石手把件，花了五千多元，这对她不是小钱。她经常把玩，并且拿给老姐们儿、老哥们儿看。

多数老伙伴都会把价格往更贵里说，把东西往好里夸，"玉是养人的""这手感多润啊，摸着太棒啦""这个价钱太值了，要不是在产地肯定不会这么便宜"，徐阿姨笑得像朵花，摸着玉石感觉更温润贴心。

然而也有人直愣愣地说："看着怎么跟小店里几百块钱的差不多呢。"徐阿姨脸上强撑着笑，实际一肚子气，她气愤对方不懂玉还乱说话，气愤对方侮辱自己的眼力。

后来她干脆避着那几个"不懂玉"的人，因为一看到他们就气不打一处来。

别人夸徐阿姨买赚了，她就高兴；一旦有人说她买亏了，她就生气。同一块玉，一会儿让她高兴得意，一会儿让她愤怒烦恼，产生哪种情绪完全取决于别人的做法。

徐阿姨没有意识到自己对愤怒有选择权。

人的看法会改变需求状态，继而改变情绪

唐朝，广州法性寺。一天，寺里的法师在户外给众人讲经。忽然旗杆上的旗幡飘动起来，这成了讨论的话题。究竟是什么在动呢？一位僧人说是“风在动”，另一位僧人说是“旗幡在动”，大家议论纷纷，没有个明确的说法。

围观的人群中出来一位衣着破旧、相貌普通的中年人，他说：“不是风动，也不是幡动，而是你们的心在动。”

众僧都被这立意高深的解答震住了，认为此人绝非常人。果然，询问之下才知道他是因故隐居多年的禅宗六祖惠能大师。大师觉得机缘已到，在此时此处结束隐居。

“不是风动，不是幡动，仁者心动”，这是惠能大师出山讲的第一句话。“风动”或者“幡动”都是外界的情境，原本与人无关，是经由人们观察、判断、分析而变得与自己有关的，所以还是人的心在动。

心理学有相似的理论：人都生活在特定的情境中，这涉及遇到的人和事，它们并不直接决定人的情绪，只有人对它们的看法才会决定人的情绪。

换句话说，我们的看法决定了愤怒或不愤怒，所以我们对愤怒或不愤怒有选择权。

徐阿姨说“我快被他们气煞了”，这意味着她认为他们有错，认为他们不懂得尊重别人，这让徐阿姨的尊重需求出现了不满足。如果徐阿姨不认为老伙伴那样说是不尊重她，那就不会生气，还可能一笑了之，或者一起开开玩笑。

同样地，当地质公园里的老大爷意识到大家很尊重他，更不会威胁到他的安全，而按规则解决问题是最有效率的方法，他就不会再愤怒。为“菜篮子碰腿”而吵架的两个人，当有一方意识到礼貌和气地对待对方会让自己获得更多尊严，他就不会再愤怒。当那位教女儿骑车的父亲想明白小小的挫折是孩子学习过程中的必然，他就不会再愤怒。

面对粗茶淡饭的简单生活，阿婆却很满足。

一个人的目光里透露着其选择，老阿婆恬淡安然的眼神似乎在说
“为什么要抱怨愤怒呢？”

如果看法容易受他人影响，情绪就不稳定

另外，徐阿姨对玉石的看法很容易受他人影响，当听到别人对玉石的贬低，她原本拥有玉石的满足感会立即被动摇。如果徐阿姨坚信玉石物有所值，或者像有些人那样“买了就不再想了”，她的满足感就不会被动摇，就不会愤怒。

有时我们原本不在意，但经别人一说，自己改变了看法，出现了需求不满足，情绪就发生变化。

井叔叔住单元楼，邻居在过道公共区域放了一些杂物，井叔叔一直觉得无所谓。有一次他妹妹来家里串门，看到井叔叔厨房有两个大桶碍事，就问井叔叔怎么不放到外面去。井叔叔说没必要，而且外面过道已被邻居放了东西，再放就更乱了。他妹妹说："别人放，你为什么就不能放啊？过道又不是他家的。你要不放，也别让他们放。"

井叔叔当时没说什么，但后来再看到过道上邻居的物品和自己的两个大桶，心里就没了以往的平静。

井叔叔原本对过道空间并不在意，但他被妹妹的话改变了看法，"创造"出了这项需求，并且暂未得到满足，因而他的情绪受到了影响。

人总会遇到各种人和事，他们就像身体周围流动着的空气，如果心情总是随风飘荡，那就永远难以平静；如果人能"站"得更稳健一点，那么情绪就会更平和。

4　管理愤怒的起点：发现愤怒

当愤怒情绪已经产生，为什么有的人很容易失态，并因此受到更大损失，而有的人就能管理好自己的愤怒呢？因为后者善于发现自己的愤怒，并且在愤怒之后能够做出适当的选择。

愤怒不丢人，坦然面对吧

如果问地质公园的游客老大爷："刚才您接近禁入区域，讲解员是按规定提醒您，您怎么生气了呢？"老大爷也许会说："我没生气啊，他们的做法不完善，我只是给他们讲讲道理。"

如果问菜市场上吵架的那两个人："为这点小事生气值得吗？"他们大概都会说："我才不跟他生气，我只是教育教育他，教他做人不能太蛮横。"

有时人们没有发现自己处于愤怒中，有时人们即便发现自己在生气也不愿承认，因为他们觉得愤怒是失态，承认愤怒就丢了面子。更麻烦的是，承认愤怒意味着要面对愤怒背后的缘由，这可能比愤怒本身更让人感到羞耻。

其实不必这么敏感。本章第 1 节说过，愤怒是人之常情，愤怒不丢人；而且无论“恼羞成怒”还是“不被尊重成怒”都是生活中相当普遍的现象。

直面愤怒，我们更容易选择适当的处理方法；无视愤怒，对愤怒情绪做出不当处理才会把情况搞复杂。

在交流中，有中老年人补充说：“有些人并没有真的发怒，只是故意在闹，他们的生活策略是‘无理争三分’，以此让自己逃脱惩罚或者额外获益。”

但在越来越健全的法治环境下，直接承担责任是代价最低的策略，很多新闻报道都能说明这一点。

管理愤怒的起点：发现愤怒

交通法治节目中常有交警处理违章情况的现场片段，少数市民表现出令人惊讶的不理智，其中一部分也许是“恼羞成怒”导致的失态。

比如一位中年男子酒后驾车被交警拦下，他不接受检查还辱骂警察，最后除了接受酒驾处罚还可能接受更多惩罚。

这位酒驾男子与地质公园的老大爷有相似之处：

一是他们错误的事实很清晰，该男子是酒驾，老大爷马上要踏入禁入区域。二是他们当着众人被处理，丢了面子。三是事情发生得突然，上一秒酒驾男子还想着刚才的酒局，这一秒就被警察拦住检查；上一秒大爷还陶醉在风景中，这一秒就被大喇叭叫回来。

他们同样又恼又羞，表现出来的都是愤怒。

他们同样对愤怒之下的失态表现没有察觉，也就无法管理好自己的情绪，这可能会导致个人情绪失控、事态失控。

减少损失、管理愤怒的起点是：发现自己的愤怒，承认自己的愤怒。

温馨贴士

“你好，我的愤怒”

愤怒可以从以下很多方面被发现。

1. 发现自己说话的声音比平时高很多。

2. 发现自己说话的语速比平时快很多。

3. 发现自己使用了过多的否定句、反问句，而且语气强硬。

4. 发现自己过度贬低对方。

5. 发现自己夸大或缩小、否认或回避了某些事实。

6. 感到自己肌肉紧张，头脑发涨，血压上升，心脏怦怦跳，身体出现愤怒的状况。

如果您发现了自己的愤怒，您可以对自己说：“哦，我发怒了。”

如果别人提醒您正处于上述情况，您同样可以承认和面对，可以对自己说：“哦，我发怒了。”

您还可以跟愤怒情绪打个招呼：“你好，我的愤怒。”

然后说：“我会做出我的选择。”

5 发泄？强忍？发现愤怒之后的选择

当发现了自己的愤怒，我们就可以选择如何处理愤怒。我们有四个选项。选择一个选项，就意味着选择它的后果。

发泄：代价高昂的选项

第一个选项是发泄，就是用各种方式肆意发泄怒火。我们知道，愤怒背后都有不满足的需求。发泄就是拥有巨大的力量，但不用于满足自己真实的需求，而是用于攻击别人。就像武侠小说里的“性情中人”，一语不合便开骂开打，看似快意恩仇、洒脱不拘，结果却会让小事情变成大麻烦，付出高昂的代价。

愤怒的代价包括三类：身体代价，效率代价，心理代价。

第一类是身体代价。

有人形容自己愤怒时“火一下子顶到脑门了”，还有人说自己“一生气浑身都哆嗦，手脚冰凉，一时半会儿缓不过来”，这都是付出身体代价的描述。

人在愤怒时，交感神经系统被激活，血管扩张，身体的紧张程度仅次于“恐惧”。愤怒时身体的消耗是非常大的，很多器官都在超负荷运转，如同汽车被踩到最大油门，发动机烧得滚烫，排气口轰鸣。所以中老年人确实会气出病来。

第二类是效率代价。

人在发火的时候常常意识狭隘，考虑没有平时周全，容易说过头话、办过头事。愤怒还往往伴随着攻击，比如说气话骂人，甚至摔东西、打人。这样一来，同一件事情在心平气和时与怒火中烧时处理的结果自然不同。

事后，愤怒的人可能会说自己当时是被气糊涂了，后悔不迭、悔不当初。因为他现在要用多倍的时间和费用才能弥补愤怒的后果，原本能用一百块钱解决的事现在需要一千块，原本一个麻烦现在变成两个、三个麻烦，甚至完全搞砸。

有人提出：“对某些人，你不冲他发顿脾气，他不跟你讲道理。”也许少数情况下愤怒可以在短期提高效率，但可能会留下深远隐患。

第三类是心理代价。

有人说："我是'实在人'，话是有什么说什么，事是想怎么办就怎么办，该发火就发火，该骂人就骂人。这样更舒服。反正也退休了，还能怎样？"但在这样的"实在人"身边，一定有强忍受屈的人。

如果在家，愤怒可能遮蔽爱和关心，在相濡以沫的家人心上留下无形的伤痕；如果在外，每个人随意发泄的愤怒和伴随的攻击行为会污染社会氛围，就像烟囱排出废气污染环境。

而且，如果只选择发泄，即便付出很大的代价，愤怒的人可能仍然没有发现自己愤怒的根源，因为他只盯着让他愤怒的人和事，根本没有在意自己未满足的需求是什么。

希望发泄行为的负面影响不至于难以弥补。当代价比较轻微的时候，事后道歉、解释是有效的弥补方式。

强忍：压抑愤怒

第二个选项是强忍，就是强行压抑愤怒情绪，强行压抑自己的需求。中老年人在每天的生活中都有诸多忍耐。其中有些忍耐是短期的、轻微的，有些则是长期的、严重的。

强忍所付出的身体代价、心理代价也很高。忍气比忍饿还难受，忍气会损害身体健康。而且有时忍气的后果可能比乱发脾气的后果更严重。

新闻曾多次报道压力锅爆炸伤人的事件。压力锅一旦排气孔被堵塞，在达到满负荷后也不能释放压力，它就会有爆炸的危险。

如何安全使用压力锅？使用前检查限压阀和浮子阀，如有堵塞要马上清理；离火后，要等锅体冷却后再取下限压阀、开盖；锅里的食物不要装得太满。

同样，人的心也是一口压力锅。愤怒在心里产生，心里的压力增大，把怒气发出来等于把气释放到外面，心里的压力会减小，发泄的途径就相当于"排气孔"。如果自己不能化解怒气，而"排气孔"又被堵住，等憋到无法忍受时，心会像超负荷的高压锅一样"爆炸"。平时不言不语不发脾气的"老实人""老好人"突然做出"惊人之举"，那就是"心理压力锅"爆炸了。显然，"压力锅"需要放气，人不能过度强忍。

搁置：放下问题

第三个选项是搁置。选择搁置的人意识到问题无法快速解决，需求一时没法得到满足，他们决定暂时放下这些，把精力转向其他事情。

不少中老年人习惯于用这种方法。比如有人说："老伴儿经常为小事跟我吵架，我不接招，我去看电视、打牌、散步。"再如有人说："今天早上跟老伴儿吵了一架，因为他弟弟妹妹的事，不过一想，两口子一辈子了，还能怎样。随他便吧，我不管就是了。"这都使用了搁置。

生活中有些问题的确难以解决，尤其是一些复杂纠缠的问题，能够适时"放下"很可能是比较适当的选择，这也是一种智慧。

但搁置之后，问题有可能还会重复发生，如果不能真正"放下"，搞不好就变成了"强忍"，这是搁置选项的缺点。

疏通：说出感受，找到需求，商量办法

第四个选项是疏通。

对于某些疼痛，养身讲"痛则不通、通则不痛"。心生怒气是心里不"通"。

发泄是下蛮力用猛药，一痛未除、新痛又生。

强忍只是让表面保持平静，但旧痛无法消除，内里淤血未散。

搁置像注射封闭针，可以让人暂时感觉不到疼痛。

疏通最彻底，它把淤积的血块揉散，让血气恢复畅通，这样疼痛也就自然消失了。

疏通就是说出感受、找到需求、商量办法。

说出感受。愤怒情绪可以有更好的表达方式。有句话叫作"不要情绪化表达，但可以表达情绪"。一个人拍着桌子大声喊："我没生气，我哪里生气了！"这就是情绪化表达，虽然他的言语本身不是愤怒的，但确实处于愤怒情绪中，而且自己还没发现愤怒。

表达情绪就是相对平和地说："我现在很生气。"这建立在能够发现自己愤怒的基础上。

适当表达情绪、相互了解感受之后，要做的是找到需求。双方回到事情本身，找到当下双方各有哪些需求不满足。然后，商量办法，用具体行动解决或改善现实问题。

比如街上相互碰撞的两个人可以回到吵架发生的起点，看看双方现在究竟在为什么吵架，怎样可以停止；如果有人道歉，吵架就结束了。

地质公园的大爷仔细听听工作人员按照规定究竟要怎样处理这件事，按规则接受批评建议或罚款，事情就结束了。

如果徐阿姨不想再听到相关评论，就不要再带那块玉；要想彻底消除对玉把件价值的争议和自己的疑虑，就去相关机构做鉴定，一切就了然了。

疏通可能带来两个好处：一是"心安"，也就是改善心情；二是"事谐"，也就是改善现实。有时这两个改善能够先后发生，有时只能发生一个。但只要有改善就是好的。

需要注意的是，就像"通则不痛"原则和"疏通"手段并不适用于所有疼痛病症，对于中老年人持续较长时间的、比较严重的情绪问题，要更谨慎地处理，不宜贸然深挖。

另外，人在不同状态、面对不同的事情时，情绪管理的能力会不同，例如人在疲惫的时候也会缺乏耐心，难以马上使用"说出感受、找出需求、商量办法"的步骤去疏通。那怎么办呢？

那就缓缓。

6　缓缓，给情绪留些空间

"缓缓"是不能快速管理好愤怒情绪时，控制节奏、给情绪保留空间的方法。“缓缓”，看起来简单，却是一种很有效的情绪管理方法。

沟通就像音乐，节奏感很重要

十几年前的一个除夕夜，我搭乘公交车回家。等车时看着听着四下的鞭炮礼花，我想今晚如果没事谁不愿在家看春晚、喝酒、聊天呢，值班的公交车司机师傅真不容易。于是我上车投币的时候，特意向司机说：“过年好啊。”

这是位中年男司机，他像是听见了又像没听见，用余光看了我一眼，没理我，继续手里的操作，关门换挡起步。

坐车的人不多，我坐在后排，也稍有点儿纳闷，原本以为可以看到一张大笑脸，没想到他的反应这么冷淡，不过想到他一整晚开车的机械无聊，我能理解他心情不太好。

在一路时远时近的鞭炮声中，我到站了，起身准备下车。停车、后门开启的同时，司机大声地喊了句“过年好”，我扭头一看，他正笑呵呵地通过后视镜看着我，挥着手。我也笑着冲他挥挥手。

我猜测，他听到了我刚上车时的问候，但因为正在专心操作而没反应过来。于是他一路留意我什么时候下车，随时准备补上回礼。虽然晚了半小时，但我收到的反馈仍旧热情，而且更加丰富。

从这个生活片段中我理解到：交流需要适当的节奏，情绪需要酝酿的空间。即便是我们主动表达善意也要给别人足够的反应时间，而当我们和对方处于愤怒情绪想平静下来时，我们肯定需要更多耐心，无论对自己还是对别人。这就需要“缓缓”。

隔离“易燃物”和“火源”

“缓缓”是不能快速管理好愤怒情绪时，控制节奏、给情绪保留空间的方法，它有三个目的：

第一，缓解愤怒情绪，创造解决问题的心理条件；

第二，避免严重冲突，避免冲动行为伤害感情和健康；

第三，减少不必要的冲突，有些小事儿稍缓缓就不是事儿了。

隔离易燃物和火源是灭火的方法，与此类似，暂时把自己和令自己愤怒的事情隔离开，也是“缓缓”的方法。尤其是在愤怒的开端，趁着愤怒的小火苗还没有燃成熊熊大火时及早隔离，会让愤怒成本降到最低。

可以用以下方法隔离自己和“火源”：

方法一，数呼吸。让呼吸稍微慢一点，边呼吸边数数，每一呼一吸，数一个数，先从“一”连续数到“三”。适当停顿一下，再来一遍，从“一”连续数到“五”。再停顿一下，如果需要，再从“一”连续数到“十”。

方法二，娱乐放松。可以来到窗前，将视线移到远处，远眺可以让精神放松。可以去阳台看看花草绿植，绿色是清新的、柔和的、充满希望的。可以看电视、听广播、看书。如果有更长的时间，可以出门散步，过一会儿再回来。

方法三，如果情绪需要发泄出来，可以找更适合的人倾诉，本书第四章将专门讨论倾诉。如果找不到人倾诉，可以把乱糟糟的思绪写到纸上，写下来也是一种倾诉，会让情绪逐渐平静。当心里有负面情绪时，“说出来”和“写下来”好过在脑子里反复思考。

要注意的是：如果决定让自己单独缓一缓，最好和对方打个招呼，说明自己要暂时离开。扭头就走、摔门而去，那仍然是发怒的表现。当自己情绪缓和后，不要忘记向别人反馈一下，尽快把剩余的事情处理完。

另外，有时候隔离火源未必要独自完成，大家一起换个轻松的话题，也能起到作用。

别在愤怒时教育别人，也别教育愤怒的人

如果想说服家人或亲戚朋友，最好等个好时机。

人在发脾气的时候考虑问题不周全，容易情绪化，常常显得不讲道

理。所以不要在愤怒的时候给别人讲道理，也不要给愤怒的人讲道理。

在地质公园的故事中，老大爷在愤怒中给大家讲道理，但因为他情绪激动、口不择言，所说的未必都合理；同时，讲解员和其他游客却以安抚为主，并没有反复给愤怒的大爷讲道理，因为那时他可能听不进去。

愤怒中的教育，很多时候都起不到教育作用，反而让人产生敌意和逆反心理。即便运气好，愤怒中的教育起到了作用，但也要付出各种代价，得不偿失。

那该怎么做呢？

如果愤怒的人是自己，而且我们已经发现自己的愤怒，那么：

当我们想教育对方时，我们可以尝试着让自己先缓一缓，缓缓之后，看看是否仍然需要教育对方，看看是否有更适当的方式去教育。

当对方想教育我们时，我们可以主动说："我现在很生气，你要想讲道理，能不能等我平静一下再讲？那样我更有可能听进去。"

如果愤怒的人是对方，而且我们已经发现对方的愤怒，那么：

当我们想教育对方时，我们可以说："我感觉你有点儿生气，或许我的表达不太合适。我们先暂停一下，一会儿再说吧。"

当对方想教育我们时，我们可以说："我感觉你有点儿生气，或许我的确有需要改进的地方。我们缓一缓再说，可以吗？"

多数情况下，我们都可以缓一缓。毕竟，在引发家庭生活冲突的事情中，并没有多少必须立即分出高下对错或者必须马上被"纠正"，更多时候是欲速则不达。

要注意的是：这个说法不适用于涉及安全、法律等问题的场合。如果事态紧急，非得此时此刻说服对方，那只好当机立断。但这会让对方困惑，事后最好补充解释。

雍正皇帝借用手串提醒自己

当怒发冲冠时，有些人头脑里几乎只有愤怒，这时候越简单的方法越有效，比如让外物来提醒自己。

电视剧《雍正王朝》中，雍正皇帝上朝时在桌上放“戒急用忍”四个字。一次十阿哥对雍正不恭敬，雍正刚想发怒，低头看到桌上的四个字，暂时平息了愤怒，免得让场面更糟糕。

电视剧《甄嬛传》中，雍正皇帝手里时时拿着一串翡翠念珠，当他心烦气躁的时候就拨动念珠，或许他在心里还会默数，以帮助自己快速恢复理性。

据说雍正皇帝性格急躁、情绪不稳定，但皇帝这个位置不允许他总是由着性子做事，历史上的雍正皇帝很可能真的采用过类似方法管理情绪。我们也可以借鉴这个方法，找一件物品来提醒自己。

这件物品可以是任何自己觉得有效的物件，最好是容易被看到或接触到的，而且它与我们的联结越强，效果越好。比如可以把家人的相片放在办公桌上的相框里，或者用作手机桌面屏保壁纸。比如女性可以佩戴家人给的胸针、手链、发卡等。再如在口袋或包里放家人给的小礼物、小玩偶，以及其他在传统文化中有象征意义的物件。

多给对方一些反应时间

有些人在争吵中一旦自己缓和了情绪，就认为对方应该立即投桃报李，有的人会说：“好了，我不生气了，你也别生气了。”或者说：“我这不都给你好好说话了吗，你还想怎么样啊？”甚至再次拍案而起：“我刚才已经不想跟你计较了，没想到你还没完没了！”

我们期待自己的克制能得到对方的快速反应，却常常失望。有时我们是如此失望，以至于又被拽回愤怒的状态。其实，问题不在于对方反馈太慢，而在于自己期待过高。就像我说完“过年好”，以为公交车司机可以马上回礼，但他一时没反应过来。

所以，不要因为我们没有发怒或者已经恢复理性，就压制别人表达情绪，也不要期待对方在短时间内完全理解和接受我们的观点。如果记住这一点，或许我们反而能够更快地觉察到别人的努力：他们确实正在调整情绪，只是需要一段时间，汽车掉头有时还需要打好几把方向呢。

温馨贴士

缓缓不是强忍和没反应

第一，缓缓不是强忍和搁置。强忍是情绪仍然在愤怒中，只是强压着自己不表达而已。缓缓是转移注意力，让自己暂时脱离愤怒情绪，这更像是暂时的搁置。搁置是不再处理问题，而缓缓是为了平复情绪之后能够更好地处理问题。

第二，缓缓不是不理睬和没反应。缓缓的目的是更好地理解和尊重他人。而不理睬和没反应恰恰是不理解和不尊重。如果经常对家人的情绪没反应，会让家人感到深深的孤独，而因孤独产生的愤怒影响会更大。所以有时没反应比吵架更糟糕。

另外，介绍“缓缓”这个情绪管理方法的目的之一是减少中老年人情绪的剧烈波动。也再次提醒中老年人要关注情绪波动中的身体反应，当身体不适时要立即进行应急处理，并及时就医。

十句话回顾

* 嘴上的话是“表”，心里的话是“里”；“里”固然重要，在日复一日的平凡生活中，“表”也同样不可轻视。

* 就像持续的暴雨和巨浪会造成生态灾难，过于强烈和过于持久的“负性情绪”也不利于身体健康。

* 某些疾病会让病人处于容易愤怒的状态，某些疾病本身对情绪没有直接影响，但是患病的状态会影响人的情绪。

* 每个愤怒背后都有需求的不满足。

* 直面愤怒，我们更容易选择适当的处理方法；无视愤怒，对愤怒情绪做出不当处理会把情况搞复杂。

* 遇到的事情并不直接决定人的情绪，人对它们的看法才会决定人的情绪；对于愤怒还是不愤怒，我们是有选择权的。

* 发泄愤怒的代价包括三类：身体代价，效率代价，心理代价。

*“发泄”是下蛮力用猛药，一痛未除、新痛又生；“强忍”只是让表面保持平静，但旧痛无法消除，内里淤血未散；“搁置”像注射封闭针，可以让人暂时感觉不到疼痛；“疏通”最彻底，它把淤积的血块揉散，让血气恢复畅通，这样疼痛也就自然

消失了。

* “疏通”就是说出感受、找到需求、商量办法。

* 交流需要适当的节奏，情绪需要酝酿的空间；“缓缓”，看起来简单，却是一种很有效的情绪管理方法。

第三章

“为什么别人不愿和我聊天”

有人会不喜欢或者拒绝以真诚交流为目的的聊天吗?

只是有时候双方一聊天就会发生不愉快，继而相互抱怨、相互指责。聊天由希望开始，结果却是失望。慢慢地，这成了一笔没头没尾的“糊涂账”……

1　行动是失望的解药

小邵今年三十八岁，正是上有老下有小的时候。去年初她九岁的儿子踢球扭伤了脚，情况还比较严重，婆婆得知后很快从外地赶来帮着照顾和接送孩子上下学。以前每周小邵一家三口都去小邵爸妈家吃顿饭，但这次连着两周都没去，她爸妈倒是来看过一次外孙。一天下班后小邵要独自回家吃晚饭看望父母，这是提前一天就说好的。

女儿回家

小邵进门时邵叔叔和汤阿姨正在为晚饭做准备，看到小邵回来，他们放缓了手里的活儿，急着问最近几天外孙治疗和恢复的情况，虽然一直通过电话和微信了解，但他们还是想听女儿当面再说说。

这里毕竟是自己的娘家，小邵心里暖暖的，小邵快速地、毫无保留地讲着，虽然没有特意强调，但她还是有意无意地带出了一些对婆婆的不满，捎带着体现了自己的辛苦。

听小邵讲了一会儿，邵叔叔就开始发话了，他对现在的治疗康复方案，尤其是小邵婆婆提出的一些建议很有意见。邵叔叔生气地问小邵："你都快四十岁了，事情是对是错，你自己没个主意吗？你为什么不问问我？我看你真是管不了这个家！"

小邵小时候常被父亲说"没用""没出息"，那时候她觉得自己真的没用，长大以后再听到这种话，不知怎么，她越来越愤怒。一开始她还耐着性子听，时不时解释几句，后来她忍不住大声说：“对，我管不了家，我没用？我就不该回来！”说着就离开厨房大步回到自己的房间。邵叔叔连声叹气。

父亲邵叔叔

小邵倚在床上，脑子里乱乱的，都是父亲的身影和声音。

邵叔叔，是位善良的老人，而且他很疼爱女儿。

但邵叔叔擅长发现错误，一件事情有九十九个好处和一个坏处，他一定先说唯一的坏处。当一件事情百分百是优点的时候，他要么什么都不说，要么会说这些优点里有几个其实是缺点。

邵叔叔并不是古板的人，他也通人情世故，他会夸奖外人，但他把这定义为虚头巴脑的“恭维”，这样做对外人可以，对自己人则是不负责任。也就是说，对越亲近的人，他越多指责、越少赞美。老伴儿和女儿是他最亲近的人，那就几乎只剩批评没有赞美。

因此，小邵很难跟他分享开心的经历，因为他会在小邵笑容还没收拢的时候就严肃地点明其中的风险。小邵也难以与他分享成功的喜悦，因为他常常会立刻指出这次成功可能是幸运，如果骄傲大意了，下次肯定会失败。

就连送邵叔叔礼物都是件让人头疼的事。小邵早就给她老公说过，每次给邵叔叔买礼物要尽两份心：第一份是买东西要精心准备，第二份是无论多么精心准备的礼物都要接受他挑毛病。

上学和刚工作的时候，小邵经常需要长辈指点，但小邵有一个难题：到底要不要去问父亲？她发自内心地想去问，又发自内心地不敢问。如果问了八成会被指责一顿，搞不好整个人、整件事都会被说得一无是处。

当小邵说出自己遇到的困难时，邵叔叔的焦虑会远超小邵本人。邵叔叔觉得小邵做得都不是最好的，但是他也没有耐心等待小邵的成长，他无法接纳小邵犯的任何小错，恨不能事事全都自己去做，即便不能亲力亲为，至少也要确保小邵按自己的思路去做。所以但凡小邵汇报点儿什么事情，在后续过程中邵叔叔都会不断发出指令。

小邵和所有年轻人一样，一直在进步，但进步的同时总会有不完善的地方和待解决的问题，然而父亲似乎看不到进步，看到的都是问题。小邵感觉自己永远也达不到父亲的要求。

邵叔叔对自己也苛刻，小邵有时都替他累得慌。小邵知道父亲自学中医，懂很多养生常识，却不敢跟他聊健康知识。因为如果聊到邵叔叔明白的事，邵叔叔会滔滔不绝，并且最终落脚于说他自己多么努力养生，而小邵多么懈怠。小邵更怕问到父亲不明白的事，邵叔叔不能接受自己被问住，他不会说“我不懂”“我不明白”，他没理找理、没话找话时的尴尬场面让小邵难受。

邵叔叔很少承认自己有错有误，哪怕是小小的过失，他都很少用语言表示歉意。

很多时候，小邵想陪着他，但也想跑开。

母亲汤阿姨

小邵正杂七杂八地想着，母亲汤阿姨来到里屋，挨着女儿坐下，小声说：“你现在怎么越来越不懂事呢？老人上了年纪，得让着点儿，别跟你爸顶着说，他身体受不了。”

女儿说：“行行行，都是我的错。”汤阿姨把反话当正话听，说：“那你一会儿跟你爸道个歉。”小邵委屈得想掉眼泪：“又让我道歉？天底下还有哪个女儿在爸爸眼里全都是缺点，一点儿优点都没有？哪个爸爸会整天说女儿这也不对那也不对的？他知不知道我已经做了很多了啊？”

汤阿姨说：“你爸这人就这样，就喜欢说别人。我有时候就当没听见，不理他，让他自己唠叨去，他唠叨一会儿也就不说了。”

女儿说：“那也不行啊，你老不跟他说话，他多无聊呀。他在你这儿越是无聊，不就越逮着我唠叨吗？”

听到女儿这话，汤阿姨先是一愣，接着说：“反正他这个人就是很烦人，整天冲我发号施令，我干点儿什么他都说我这不对那不对的。我也是受够了，有时候真不想理他。”

小邵说：“说不让我顶他的也是你，说不想理他的也是你。都是你惯的。”

“你这孩子，怎么说话呢！”汤阿姨试着换个话题，说，“你以后回来的时候都带着孩子，这样你就不用和你爸单独聊天了。”

小邵说：“呵呵，带着孩子也没见他少说我啊。”

汤阿姨觉得聊不下去，又要换个话题，想了一圈儿，思路回到厨房，立刻说：“我去厨房看看，你爸爸自己忙着呢。有啥说啥，你爸干活真是不错。”然后迅速起身去了厨房，留下无奈的小邵。

晚饭、“臭姥爷”、手抄笔记

过了一会儿，最后一盘菜上桌，饭桌上已经放着三个被小盆扣着的盘子，汤阿姨把保温用的小盆拿掉，四个菜都呈现出来，小邵一看就知道这四道菜都出自父亲之手，因为母亲的手艺没有这么精细。老人晚饭吃不多，这些菜明显都是专门给小邵做的。小邵当时心就软了。

邵叔叔、汤阿姨饭桌上总有红酒，他们有时晚饭会喝一小杯，邵叔叔说这样可以防止动脉硬化，控制胆固醇。小邵也给自己倒了一杯，今晚她有些话想说。

半杯红酒下肚，小邵借着酒意对父亲说：“我知道你很照顾我，很担心我。这几年，你知道你给我的最温馨的记忆是什么吗？”邵叔叔什么也没说，汤阿姨接过话问：“是什么？”

小邵说：“前年国庆节我们带着孩子回来吃饭，晚饭后咱们五个人一起出去散步。那天天气也好，大家都很开心。可散步一回到家里，你就说哪里有臭味，紧张兮兮地到处闻，闻了厕所马桶闻厨房地漏，连孩子屁股你也让我闻闻。结果找了一圈儿发现是你鞋子的问题，是你自己踩了一脚臭狗屎回来。

“孩子笑着喊‘姥爷臭，臭姥爷’，你嘿嘿笑笑，居然还吐了吐舌头，然后就闷头刷鞋去了，当时我们大家都笑得肚子疼。

“我很喜欢那个吐舌头开玩笑的你。”

小邵一边讲一边笑，说完最后一句，她不知怎么就哭了，她使劲把哭掩饰为笑出了眼泪。汤阿姨赶忙给女儿递纸巾。

“我后来又想，如果不是你踩的，而是我踩的，你会不会又要叨叨‘走路怎么不看着点’‘踩了脏东西，自己不知道吗’‘自己都看不好，怎么看孩子’……”

说完这些，小邵就像真的听到了这些话，她的心情和表情迅速恢复到了最平常的状态。

邵叔叔没有马上说什么，停顿了一下，冲女儿举起了酒杯，说：“咱们三个好久没有单独一起吃饭了，来，一起喝一杯。祝我们大家都健康快乐。”

父亲虽然什么都没说，但至少安静地听完自己的话，而且没有再说教，这足以让小邵心满意足。小邵说：“好。”汤阿姨也笑着说：“你爸从昨晚就琢磨今天要做点儿什么你喜欢吃的菜。”三人碰杯。交流回到饭菜、孩子和其他家庭琐事。

陪父母看完新闻联播，小邵要走了。这时候邵叔叔拿出一个自己装订的小册子，里面是手写的中年养生知识，邵叔叔说：“你也不年轻了，平时又累，要保重身体。”汤阿姨补充说：“你爸记了好长时间了，记的主要是跟你体质有关的。里面还有一部分内容是他让我抄的。我也不知道他要今天给你。”

小邵接过来翻看，是自己从小就熟悉的父母的字体，又惊讶又感动，但她习惯性地说：“你们记录这些干什么，多费眼睛啊，从网上又不是查不到。”突然在某一页她看到“更年期”字样，她不高兴地说：“怎么还有更年期的内容，我离更年期还早呢，你们真是够能操心的……”

几分钟后，小邵拎着一大包东西走出门，包里面有养生知识手抄笔记、一包爸爸早上赶集特意买的香椿芽，以及妈妈给她婆婆的纱巾。小邵轻轻打了一下自己的嘴巴，她有点懊悔自己刚才的话，心想：看来我也有挑毛病的特质啊……

接纳失望

像小邵和父母这样沟通不太顺畅的情况在两代人之间数不胜数。为什么会这样？因为他们之间感情不深，或者因为他们各自不愿为彼此付出吗？

他们感情深，情浓意浓；他们愿意为彼此付出，他们每个人都付出很多。邵叔叔为了妻子和女儿竭尽全力，汤阿姨随时调和家庭关系，小邵虽然有时“烦”父母，但她在乎父母、心里很想靠近父母。

但他们都为沟通现状感到失望。这并不是他们中某个人的问题。邵叔叔、汤阿姨和小邵两代三个人之间的说话模式并不是一两天形成的，而是几十年形成的。如果说存在不足，那不仅仅是某一个人的，而是他们三个都有份儿。

生活中纠缠着的事情有时就像“先有鸡还是先有蛋”那样难以理清，是没头没尾的“糊涂账”。在有些家庭中，家庭成员在日复一日的失望中越来越焦躁敷衍地去应对，让不愉快的聊天一次次重复。

因此，如果我们因为“糊涂账”而失望，那就不如接纳失望，这反而会让人平静下来。

倘若在接纳失望之后能够多出一份耐心，那就可以试着为减少失望而行动。

小邵已经开始行动。她向父亲表达真实的感受，她动情的话语让晚饭时光变得温馨；出门后，小邵反省自己也有“挑毛病的特质”，她就有可能减少对这种做法的重复。邵叔叔也在行动，他先是耐心地听完了小邵的话，又提前拿出自己为女儿准备的养生常识手抄笔记，这都是对女儿表达感受的反馈，虽然他仍旧没有使用言语直接来表达。

行动是失望的解药。有了适当的打破常规的行动，先前失调的模式就有可能被打破，良性循环才有可能启动。要行动就要有思路。前面讨论过的“说出感受、表达需求、商量办法”是遇到冲突时的行动思路，下面再提供两种多视角的思维方法。

缩小失望的范围，扩大资源的视野

第一种思维方法是缩小失望的范围，扩大资源的视野。具体包括以下几个要点。

从“对人”到“对事”

邵叔叔对小邵说“我看你真是管不了这个家”，但当时他们只是在讨论外孙的康复方案，邵叔叔把对事的批评升级到了对人的否定，这几乎最大限度地扩大了小邵父女俩相互的失望。邵叔叔可以说：“我觉得你对这件事处理得不好。”这样，邵叔叔即便对女儿失望，也只是对女儿做的这件事失望；女儿即便对父亲失望，也只是对他没有肯定这件事而失望。

从先看到“做错的”到先看到“做对的”

小邵汇报儿子的康复情况，其中肯定有些是令邵叔叔满意的，但他并不表达满意的部分，而是先针对不满意的部分提出批评。与此类似，小邵说父亲觉得她一点儿优点都没有，这恐怕也不符合实际。父女俩都只关注到对方做得不好的部分。其实他们可以大方地承认对方也有做得好的部分，并且试着在交流中首先表达这一部分。

从消极抱怨到积极请求

小邵父女俩对对方都有些失望，如果只是抱怨，他们的交流气氛是压抑的，双方更难接受对方意见，也更容易失望。可以把消极、模糊的抱怨，转换为积极、具体的请求，如果加上示范，可能效果会更好。比如小邵可以先夸夸父亲的笔记，夸夸母亲为她婆婆准备的礼物，然后在气氛合适的时候对父亲说：“孩子的脚恢复得不错，也没耽误上学，我里外忙也算有效果。你们夸我一句吧。谢谢啦。”

“成人”状态、“儿童”状态、“父母”状态

第二种思维方法需要我们关注沟通者的状态。

人在沟通时，行为风格、表达方式都有些心理特征，这些特征可以被总结为三个类别的五种状态。

三类指的是“成人”类、“儿童”类、“父母”类。

“成人”类只有一种状态，就是“成人”状态，它的主要特征是理性、注重事实，能主动表达出自己的需求。

“儿童”类的主要特征是非理性，它有两种状态。一种是“顺从型儿童”状态，人们顺从权威的意志，听话乖巧，但有可能焦虑、缺乏安全感，以至于压抑自己的需求。另一种是“冲动型儿童”状态，人们不了解自己的需求，行为受情绪支配，任性冲动。

“父母”类的主要特征是经验丰富，它也有两种状态。一种是“控制型父母”状态，人们以自己为绝对权威，按照自己的经验做决断，喜欢评论别人，常代替别人做决定。另一种是“安慰型父母”状态，不仅了解自己的感受、需求，还能引导对方了解他们自己，为对方提供心理支持。

这里的“成人”“儿童”“父母”并不指人物的真实身份，这些词语只是被借用来描述人们在沟通中的状态。一个人处于什么状态，与年龄无关，只与在沟通中的心理特征有关。我们可以通过小邵和父母的交流过程，了解这几种状态。

故事开始时，小邵向父母汇报近期情况。小邵依赖父母，她把所有情况都事无巨细地汇报给父母，她自己处于“顺从型儿童”状态，期待父母处于“安慰型父母”状态。

可惜邵叔叔没有处于“安慰型父母”状态，而是处于“控制型父母”状态，他迅速做出判断，有力地批评小邵；同时，他期待小邵处于“顺从型儿童”状态，能够听从教诲、反省错误。

小邵的需求没得到满足，感到委屈和愤怒，于是一个常见的转变发生了:小邵的状态从“顺从型儿童”转变为“冲动型儿童”。争吵开始了，小邵开始责备父母，并向妈妈汤阿姨抱怨父亲。小邵自己处于“冲动型儿童”状态，而期待父母处于“安慰型父母”状态。

汤阿姨起初希望小邵去道歉，她自己处于“控制型父母”状态，期待小邵处于“顺从型儿童”状态。

但小邵继续“冲动”，汤阿姨兜了几圈儿，也没什么办法，她不再说什么，主动撤退。此时小邵倒有几分像“控制型父母”，汤阿姨状态倒有几分像“顺从型儿童”。

这种分析方法可以帮助我们在交流中觉察自己和对方的心理状态，比如分别处于“控制型父母”状态和“冲动型儿童”状态的两个人很难进行良好沟通。这时有人需要转变。

怎么转变呢？

第一个转变，需要有人从“控制型父母”或“冲动型儿童”转变为“成人”状态。在“成人”状态下，人们能够自主地说出感受、找到需求、商量办法。

比如小邵在晚饭时的表达是处于“成人”状态。小邵还可以主动说：“我觉得有点委屈。我没你说的那么笨。我知道你们可能有点担心我太累，也担心我照顾不好自己和孩子。不过你们放心，我刚才说的可能有点夸张，因为我跟你们说话很随便，可能也是想撒撒娇吧。”

邵叔叔和汤阿姨也可以在“成人”状态下表达感受和需求：“我听了你说的，确实很为你担心。我们希望你过得好，我们希望能够尽我们的一切力量帮助你。有些问题，咱们可以多商量。”

第二个转变，从“成人”转变为“安慰型父母”，在这个状态下，人们能够接纳和安抚对方的负面情绪，给予倾听，给予心理的依靠，引导他人说出感受，找到需求，商量办法。

小邵、邵叔叔和汤阿姨有时会处于“冲动型儿童”或“控制型父母”状态，此时，如果对方能够处于“安慰型父母”状态会有助于沟通。

怎样完成这两个转变呢？本章后续几节将会提到少指责多询问、推己及人、换位思考等方法，有助于让我们处于“成人”状态。第四章讨论倾听的方法，有助于让我们处于“安慰型父母”状态。

2 爱就是少一句指责、多一句询问

一对老年夫妇最近频频争吵，事由是楼上的噪声。他们都认为对方有错。

认为对方有错，这常常是不愉快的交流乃至愤怒和争吵的源头。不过，当我们与别人意见不同且认为自己正确的时候，别人一定错吗？

楼上到底吵不吵？老爷爷没错，老奶奶也没错

下面是老爷爷的叙述：

“根本没那么吵，只是偶尔有点儿脚步声和搬凳子的声音，声音也不大。可楼上一有点儿动静，她就生气。有时候明明是外面的声音，她也觉得是楼上的声音。

“她心脏不好，不能生气。我给她讲‘三尺巷’的故事，都是邻里邻居，‘让他三尺又何妨’，有声音忍一会儿就好了嘛。她生气的时候我还劝她看会儿电视，放松放松。

“可她不听劝，还嫌我烦。她不理解我，跟我吵吵，说我怕事，还说我聋。我怎么聋了？我看电视、跟人说话很正常嘛。

“现在她动不动就生气，这不得了。”

下面是老奶奶的叙述：

“楼上噪声太大，桌子、凳子都在地上拖，‘嗒嗒嗒’去，‘嗒嗒嗒’回，有时候突然‘咣当’一声，他们就是故意的。我心脏受不了，一有声音心脏就像被揪起来，在那吊着‘怦怦怦’地跳。

“他也不管我，只忙自己的事。他耳朵聋，听不见，吃得香，睡得香。”

两个人的感受有明显差异，一说这事儿就吵，都认为对方不关心、不理解自己。从这件事影响到别的事，摩擦逐渐加剧，相互不愿意说话，两人心理状态越来越差，连带影响得睡眠更少、饮食失去规律，老爷爷血压增高，老奶奶心脏不适。

老人找子女评理。子女们反复安慰和劝和，居然都没用，两位老人还说了不少冲动的气话，有的是对老伴儿的，有的是对子女的。这让子女们也疲惫不堪，甚至有些恼火。

后来子女们坐下来，像研究工作那样研究这件事。他们分工合作，各自花了不少时间从多个方面调查，才大致搞清楚：楼上确实有声音，也有点儿大，但没有故意捣乱。而且经检查，老爷爷有老年性耳聋，虽然程度不重，但对声音的敏感度不高；老奶奶近期神经衰弱，再加上原本就有心脏病，导致她对墙体传递的噪声异常敏感。

子女向两位老人说清情况，减少他们之间的误会；又带着礼物去拜访楼上邻居，说明母亲心脏不好，请邻居尽量多注意地面噪声。

终于，楼上噪声减轻了，更重要的是两位老人的沟通改善了，他们的状态逐渐好起来。

回到事情的开头，楼上噪声大小是确定的，但两位老人的感受有差异，这是因为他们的感觉器官状态不同、身体对噪声的接受程度不同。就像两人同吃麻婆豆腐，一位觉得不够辣，他觉得同伴被辣得吐舌头流眼泪实在太夸张，其实后者只是不耐辣。

老爷爷是对的，老奶奶也是对的。恰恰因为他们都确信自己所说是事实，又没想到其他人的感觉会和自己有巨大差异，就认定对方是错的，所以当他们用自己的感觉去衡量别人的感受时就出现了误会，产生了冲突和愤怒。

海婴的鱼丸到底坏没坏？别轻易否定别人的意见

上面的例子是说：对同一事物，不同的人有不同的感受，这种隐蔽的障碍给沟通制造了麻烦。萧红在《回忆鲁迅先生》一文中提到鲁迅先生一家遇到过一件小事，其中沟通的“坑”更难被发现。

一天，鲁迅先生一家从福建菜馆叫的菜，其中有一碗鱼肉做的丸子。他的儿子海婴当时还是个孩童，海婴一吃就说不新鲜。鲁迅先生的妻子许先生不信，别的客人也都不信。因为那丸子有的新鲜，有的不新鲜，别人吃到嘴里的恰好都是没有变味的。

许先生又给海婴一个，海婴咬了一口，又不是好的，他又嚷嚷着。别人都不注意，鲁迅先生把海婴碟里的拿来尝尝，果然不是新鲜的。鲁迅先生说:“他说不新鲜，一定也有他的道理，不加以查看就抹杀是不对的。”

同一碗里的鱼丸，通常味道应该是一样的，但这一次发生了例外；而且小孩子经常挑嘴。在这两个前提下，鲁迅先生还能够去尝海婴碟里的鱼丸，因为他对海婴有充分的信任、尊重和爱。换作其他人，有可能觉得小孩子是调皮捣蛋而把小孩子骂一顿。

能不能了解到真相，“运气”也是很重要的因素，也就是说，其中存在偶然性。倘若这一碗鱼丸里仅有一粒是坏的，或者坏鱼丸被海婴全部吃掉，鲁迅先生没法尝味，那么结果会怎样？这事恐怕会成为无法平反的小小“冤案”，除非大人们保持充分理性，能够知道：哪怕别人吃的每一粒鱼丸都是好的，也不能百分百说明海婴吃的也是好的。

哪怕是小事也有不同的侧面，它们之间微妙的差异让人与人的沟通变得曲折复杂，得有足够的尊重、信任和包容才能得到更准确的信息。

人人都可以表达自己的观点，同时也要尊重别人的观点。觉得自己“常有理”的人最需要警醒，他们或许是正确的，但别人也可能是另一种正确。对于这一点，别人未必不清楚，别人不再与他们争执而给予包容的做法，可能来自爱，也可能来自疲惫。

孔子也有过误会，孔子也会道歉

当然，不必苛责自己事事都要考虑周到，因为没人全知全能，连孔圣人也不例外。但当孔子发现自己有错时，他会主动道歉。

孔子周游列国时曾经受困于陈国、蔡国之间，他七天光吃野菜糊，学生们也饿着肚子。这天学生颜回终于讨到一点儿米，拿回来抓紧时间生火煮粥。

孔子刚睡醒，看见颜回在煮粥，孔子正要打招呼，突然发现他居然偷吃了一口粥。孔子对这位大弟子很失望。

过了一会儿，粥煮好了，颜回端给孔子吃。孔子说："好不容易有点儿米，先拿一碗去祭祀祖先吧。"

孔子这是在试探颜回。按礼法，祭祖不能用吃剩的食物，如果颜回用这碗粥祭祖，那就犯了比偷吃还要严重的错误。

但颜回立刻说了实情："老师，这粥不可以祭祖，我刚吃过一口。刚才有炭粒掉进粥里，我把粘了炭粒的那点儿粥挑了出来，粮食太宝贵了，扔掉又不好，所以只好自己吃了。"

孔子这才知道自己误会了，有些愧疚，他叹息着说："人所相信的是眼睛，可是眼睛看到的还是不可以相信；人所依靠的是心，可是心里推测的还是不足以依靠。学生们，你们记住了：了解人本来就不容易啊！"

"眼见为实"太深入人心，有时人们因为亲眼看到一个情景，就坚信自己的看法是对的，连孔圣人也出现了误会。

即便眼见，每个人看到的也只是一时、一地、一个侧面的一个局部，其他部分靠推测补充；既然是推测，就有对、有错。因此出现误会和错误是常见的事。

既然是常见的事，那么当发现自己有误会和错误，人们可以大大方方地承认，并且及时倾听别人的信息。

对于中老年人来说，承认误会或者承认错误不仅不会损害他们的权威，反而会让他们更受尊敬，得到更多爱；而中老年人的内心也更坦然、更轻松。孔子就是这样做的。

少一句指责，多一句询问

减少误会的方法是多调查、多询问。当我们试着耐心地询问别人、倾听别人，我们可能听到不同的声音。

第一个故事中，两位老人的子女都有丰富的工作经验，他们把工作经验用于生活，做了充分的调查研究，解决了问题。

第二个故事中，鲁迅先生亲自试吃鱼丸，解除了误会。

第三个故事中，孔子做了调查，并且耐心询问。

他们都没有盲目地自以为是，他们都没有无缘无故地指责对方。

然而，孔子为自己在第一时间误会了颜回而愧疚，和鲁迅先生同桌的大人们可能也因为没有像鲁迅先生那样信任海婴而不好意思，而老爷爷在日后想起与老伴儿的那段冲突，想起自己说的气话，也很是心酸。

生活中有太多因为小事儿而产生误会进而引发的冲突，这些冲突都会磨损我们和亲友之间的感情，种种现在或若干年后会让人后悔不迭的遗憾就此形成。如果想到这一点，相信无论谁也不会再忍心固执地沉浸在自己一种声音里不能自拔。

爱是个很大的词，但有时它可以表现得很具体。“少一句指责，多一句询问”就是爱。

3　包容是交流的土壤

顾阿姨觉得大多数时候都是自己收拾垃圾桶，老伴儿只是偶尔管管。一次顾阿姨忍不住对老伴儿说：“垃圾都这么满了，你就不能收拾一下吗？”老伴儿很不高兴，说：“你这人怎么这样说话？平时都是我去收拾的，我还没说你呢！”

人人都有双重标准

顾阿姨和老伴儿都觉得自己收拾垃圾桶的次数更多。从事实层面看，两人中定有一个说了假话，这似乎是个人品德问题。但从心理层面看，两个人说的可能都是真实的感受。

因为大脑存在“高估自己、低估别人”的偏差，这种偏差有自我美化的作用，使我们更多地处于高自尊水平的、愉快的感觉中。在我们的日常生活中，这种偏差非常普遍。比如大部分人觉得自己和家人比周围的其他人更聪明、更好看，大多数生意人认为自己比一般生意人更道德，多数人认为自己对年迈父母的付出比其他兄弟姐妹们更多……

这种偏差让人们天生就有双重标准的倾向。

比如多数人对自己宽容、对他人苛刻。

当被问到“您怎么看那些闯红灯的人”，多数人会提及鲁莽、不文明、不应该、素质偏低。当被问到“您有没有偶尔闯红灯的时候”，多数人承认闯过，但通常会说出更“合理”的理由，比如没看到信号、路上没车、行人绿灯信号太短，等等。在对排队加塞的讨论中，很多人说自己排队加塞是因为有急事或者身体不舒服，而说别人加塞则主要是因为素质太低。

人们在评价自己和别人的成败原因时，也有不同的倾向。如果自己失败了，我们更倾向于找理由为自己开脱，比如运气不好、环境不公平，等等；如果成功了，我们会更愿意归结于自己的努力和才能出众。如果评价别人呢？结果常会反过来，别人成功是因为运气好，别人失败是能力不足。

在生活中，人们常默认自己是标杆。说到卫生习惯，比自己干净的是“瞎讲究、穷洋货”，比自己脏的是“不卫生、不健康”。说到开车，比自己慢的是开得太“肉”，比自己快的是开得太“疯”。说到花钱，比自己大方的是“不会过日子”“奢侈”“显摆”，比自己节俭的是“小气”“抠门”“爱算计”。

包容是相互的

双重标准是人之常情，如果只想着挑别人的毛病，那生活中就有挑

劳碌了一天，傍晚，阿公阿婆在一个盆里洗脚。
所有走得长远的爱情与亲情里，都少不了包容。

不完的毛病，天底下就没有任何两个人能够长时间地愉快相处。但是人们需要稳定的社会关系，所以人们需要包容。

当然，包容是相互的。比如下面例子中的武叔叔只顾让老伴儿包容自己，但少了给予老伴儿的包容。

秦阿姨说："你武叔叔啊，太能唠叨了，有点儿事儿就一遍遍说，再一遍两遍三遍，说到他舒服为止。

"他还好帮忙，他跟他兄弟姐妹们感情好，这是好事，但也不能事事都帮忙啊，毕竟我们自己家条件也没多好。

"其实这些都不是关键，关键是到我这边全变样儿了。

"我要是跟他说点儿我兄弟姐妹的事儿，他一听就烦，然后又开始唠叨，说我这边的亲戚这也不对、那也不好。结果是他那边的事儿他可以整天唠叨，我这边的基本不能提；他那边的什么忙都能帮，我这边的都不走动才好。

"有时候我儿子都看不下去了，劝他爸别整天批评我。可他说：'没事儿，我说你妈，怎么说都没事儿。'我真是哭笑不得。"

秦阿姨的叙述让人想起"以邻为壑"的故事。

战国时魏国有个宰相叫白圭，他在水利治理方面颇为自负。白圭跟孟子聊天时自鸣得意地说："说到治水，我比大禹还要强。"

孟子说："你错了。大禹治水，是顺着水性而行的，所以他历经多年把洪水引向四海。然而你现在却是把邻国当作蓄水池，把水引向邻近的国家。"

孟子接着说道："你不想把洪水留在自己国内，别国也不想这样。这种做法是有仁德的人所厌恶的。你肯定是错了。"

有人这样治水，也有人这样生活。在秦阿姨老伴儿眼里，自己家族的事情就像自己国家的洪水，他会想方设法去解决疏通；洪水慢慢散去，虽然家人之间未必能就此和气和谐，但至少不会额外积怨。

但他把秦阿姨家族的问题当成邻国的洪水，只求筑坝挡住，尽量推诿拒绝。然而他筑起的大坝建立在两人的心灵之间。当秦阿姨家族洪水泛滥反扑回来时，秦阿姨承担不住，洪水还是会淹到武叔叔身边。

清官难断家务事，他们两人形成现在的沟通方式有很多原因。倘若秦阿姨习以为常、毫无痛苦，那这种情况可以不做改变；但是秦阿姨现在并不愉快，她希望改变，那么武叔叔就需要增加一些对秦阿姨的包容。

推己及人

包容有时需要忍耐，但包容不仅仅是忍耐，忍耐伴随着不平静、不舒服，让人身心疲惫。成熟的包容是建立在理解的基础上的，包容他人时的心情应该是轻松平和的。

那怎样才能理解呢？一种方法叫"推己及人"，也就是：把别人当成自己，用自己的好恶去推想别人的好恶，用自己的冷暖去体会别人的冷暖。

倘若把"推己及人"落实到行动上，至少可以达到"己所不欲，勿施于人"，也就是不把自己讨厌的东西强加给别人。因为人们的爱憎好恶有很多共性，所以这样的做法通常是善良友好、温和包容的。

这并不容易做到，毕竟人们很难把别人当成自己，无意间就会把自己不喜欢的强加给别人。不必时时事事苛求自己推己及人，只要偶尔换位思考设身处地地替别人考虑一下，我们就会有新发现。

比如武叔叔如果能从自己的好恶来理解秦阿姨，或许会看到：

既然自己心疼自家的亲戚，那么妻子也会牵挂娘家人；

既然自己习惯通过重复叙述来排解压力，那么妻子也有烦心事需要念叨念叨；

既然自己听妻子念叨时需要付出很大的耐心，甚至听不下去，那么妻子听了自己那么多唠叨，应该体会到她已经给予了自己很多的包容。

另外，武叔叔跟儿子说“我说你妈，怎么说都没事儿”，这话说明武叔叔非常信任秦阿姨，信任秦阿姨可以包容自己所有的言语。类似的话，很多中老年人都说过。这话一多半是真实的，这是几十年坎坷相伴、荣辱与共积累下来的亲密默契和深情厚谊。然而这话也让秦阿姨哭笑不得，她希望老伴儿能跟自己更温和地说说话，而不希望他凭着“怎么说都没事儿”就整天批评她。

倘若武叔叔能够理解以上一点或几点，并且适当地向秦阿姨表达，两位老人的心会贴得更近，相互的支持也会变得更加有力。

4 别人拒绝我们时，就是在表达他的需求

说到“推己及人”，中老年人有一方面做得特别到位，那就是他们对子女“天冷加秋裤”“好好吃饭少熬夜”的谆谆教诲。网上都说“有一种冷，叫妈妈觉得你冷”“有一种饿，叫妈妈觉得你没吃饱”。

适合自己的，未必适合别人

说到“秋裤”，无论中老年人还是年轻人都会笑。然而，笑的背后也有两点值得注意。

第一，对儿女穿没穿秋裤的惦念是中老年人从身体发出的对子女带着体温的关心。它珍贵、温暖，值得儿女永远珍藏。儿女们应该理解到这一点。

第二，妈妈觉得冷，并不等于儿女也真的冷。推己及人的准确性依赖于自己的体验与别人是否一致，所以它有时效果好，有时打些折扣。穿秋裤是个笑话、是个小事，但这种思维方式在其他事上可能会带来更大的沟通障碍。

比如白阿姨说她实心实意地去关心老伙伴，但被对方拒绝了。白阿姨说：

“我有位邻居大姐的老伴儿没了，这有两三个月了。她不常出门，我经常找些熟人一块儿去她家，陪她说说话。有老年人的活动，我也都叫着她，可她还是不常出门。我跟她说不能老憋着，能憋出病来，得出来活动活动，抽空咱们一块儿去旅旅游。

“可是她总是特别客气，说偶尔聚聚就挺好，现在这样太麻烦大家了；后来她干脆直接她说最近想清静清静，明显是在拒绝我们。”

白阿姨推己及人，把自己喜欢的东西给别人，对方虽然领情，但并不接受。为什么不接受？因为邻居大姐的需求可能是多些安静的独处，或者她需要更专业的心理帮助而非白阿姨提供的这种闲聊。

再看看邱阿姨，邱阿姨住在新落成的小区，去最近的菜市场也得坐三站公交。儿媳妇觉得婆婆每天买菜太麻烦，坐公交来回更是辛苦，所以到周末就开车买回来一大堆果蔬肉蛋，把冰箱塞得满满的。邱阿姨觉得这样吃菜不新鲜，并且减少了自己上街的机会，但又不好意思拒绝，怕引起误会。

邱阿姨的儿媳妇不把自己嫌麻烦的事交给邱阿姨做，邱阿姨居然也不情愿。邱阿姨的需求可能不是省力，而是自由逛街、自由买菜。

无论是年轻人还是中老年人，当从自己的角度推测别人时，常常会忘记这样的简单道理：适合自己的未必适合别人，不适合自己的未必不适合别人。或者说，自己的需求未必是别人的需求。

如果推己及人所做出的推理是不适当的，那么对他人的关心越细致，给别人带去的困扰就越大。有些人常常失望委屈，抱怨“越操心越招人烦”“管得多不如管得少”，这就是原因之一。

信息不对称，造成“一厢情愿，两败俱伤”

我们常常认为自己对事情足够了解，有资格认定自己的推测都正确；然而没人能够了解一件事的全部细节，哪怕是一件小事。有的细节是那么模糊细微，连当事人自己都难以具体描述，却对事情的走向有影响。

就像老话说的，穷苦的挑夫以为皇帝都扛着金扁担，而晋朝皇帝司马衷困惑闹饥荒的老百姓为什么不吃肉粥，因为肉粥是他吃过的最朴素的食物。

在经济学里，“信息不对称”指的是在市场经济活动中，各类人员对相关信息的了解是有差异的，掌握信息比较充分的人员往往处于比较有利的地位，而信息贫乏的人员则处于比较不利的地位。

在日常沟通中，到处都是“信息不对称”的情况，其结果有时并非是哪一方占便宜，而是造成双方的沟通障碍。如果有人硬要说自己通过推己及人已经完全理解了别人，那可能是一厢情愿。

生活中有很多一厢情愿的情况：

“我对你好，你应该也对我好。”

“我爱你，你当然也应该爱我。”

“我已经原谅你了，你为什么还不原谅我？”

“我都不生气了，你怎么还生闷气？”

一厢情愿的人只看得见自己、看不见别人，只会用自己的方式去付出，但并不了解别人的需求。他们如果采取鲁莽的行动可能会起到相反作用，有一位船夫就是这样。

这是腊月天，船夫接到一个急活要划船去拉货，但是媳妇不在家，只好把孩子也带在船上。

路途不近，船夫一口气划了小半个时辰，身上头上都冒了汗，他自己脱了外套，也把孩子的外套脱了，一边给孩子脱衣服一边喃喃自语：

“太热了，可别把孩子捂出毛病来……”

又过了一会儿，船夫一身大汗，连马甲也脱了，只剩单衣，他不能光顾自己不管孩子，于是把孩子的夹衣也脱了。

两个人各穿件单衣，船夫浑身是劲儿，头上冒着白汽儿，可他的孩子已经快冻僵了。

每每想起这个故事，我都感到恐惧：以爱之名对别人莽撞干涉，结果可能是伤害。

但当船夫执着于“自己热孩子也热”的推理而给孩子脱衣服时，如果别人拦着他，船夫没准儿会发怒，以为别人想害自己的孩子，除非他理解到自己热并不等于孩子也热。

网上有个段子：“我喜欢香蕉，你喜欢苹果。你给了我一车苹果，然后你说你被自己感动了问我为什么不感动。我无言以对。然后你告诉全世界，你花光了所有的钱给我买了一车苹果，可我却没有一点点感动，我一定是个铁石心肠的人！我的人品一定是有问题的！可我只是喜欢香蕉而已啊。”

如果收到苹果的“我”境界够高，也能感受到倾囊送出一车苹果的“你”的心意，但那也仅仅是感受到心意，“我”仍然不能像喜欢香蕉那样喜欢苹果。

起初，这个段子被送给“所有对爱情盲目执着的人”，后来被送给“搞不定员工的管理者”和“搞不定客户的推销员”。其实它可以送给每一个希望通过自己付出而让对方接纳自己、让对方更幸福却又找不到合适方法的人。

我们要知道：当别人拒绝，说“不用”“不需要”时，就是在用否定的方式表达自己的需求，只不过他们没有表达需要什么。

怎样能够了解到别人需要什么呢？

换位思考，感受别人的感受

正值初冬，接连三天不是下冻雨就是下雪。齐景公披着白狐皮做的翻毛大衣坐在大殿侧边。

齐景公对晏子说："太奇怪了！下了三天的雨雪，天气也不冷。"

晏子说："天不冷吗？"

齐景公愣了一下，尴尬地笑笑。

晏子说："我听说古代的贤君，自己吃饱了仍然能关心是不是有百姓在饿着，自己暖和还能体察穷人会不会在受冻，自己舒适安逸还能关注百姓有没有过度辛劳。"

齐景公说："说得对。我听从你的教诲了。"

齐景公派官吏在城内城外查访统计遭受饥寒的百姓，并下令拿出衣服和粮食发放给他们。

一开始齐景公也跟船夫一样，自己暖和就感受不到别人的冷，后来在晏子的提醒下意识到自己的疏忽，派出官吏去四处探访百姓的生活状况。

要体察别人冷不冷，不能在原地用自己的感受去推测，而要去别人的位置上感受别人的感受和需求。这就是"换位思考"。

换位思考时，我们可以想想对方的年龄特点、身体状态、生活现状，乃至成长经历、性格特点、职业特点，等等。如果有不确定的问题可以尝试直接向对方询问。这样就可能找到对方的眼睛、耳朵、鼻子、心，然后再去看、去听、去闻、去感受。

"我眼中的小问题，是你心里的大麻烦"

换位思考并不容易，申阿姨有体会。

乔叔叔是申阿姨的老伴儿，乔叔叔是圈子里的运动达人，虽然已经六十多岁了，但仍然能玩单杠、双杆，还喜欢打乒乓球。但是一年前开始右肩膀痛，一开始没在意，时间长了，他去医院检查才知道，是慢性劳损造成的肩袖损伤。医生建议保守治疗，建议多休息，只能以温和的方式锻炼；如果损伤再严重，可能需要手术治疗。乔叔叔乒乓球打不成，单杠、双杠也玩不了，最近脾气见长，经常对申阿姨和子女发脾气。

申阿姨换位思考，觉得乔叔叔从运动明星变成他自己口中的“半个废人”，会需要自信，需要别人的肯定。于是申阿姨安慰老伴儿，半开玩笑地说：“你以前运动起来比二三十的小伙子都厉害，现在受点儿伤，也比一般三四十的还强。这么大岁数，身体好好的，你已经很厉害啦。”可乔叔叔听了并没有多高兴，常常不耐烦地说：“行啦行啦，再怎么样也动不了了。”

申阿姨继续换位思考，觉得乔叔叔以前经常在圈子里“威风八面”，他不仅在乎自己的肯定，还在乎别人的眼光，就说：“医生也说了，如果好好休息，几个月到半年就能恢复。你不用着急。让你那帮老哥们儿多练半年球他们也打不赢你。”乔叔叔却说：“他们练他们的，关我什么事！”

申阿姨用心了，但乔叔叔却不领情。申阿姨有点儿委屈。她试着使用“说出感受”的方法去和老伴儿讨论。

申阿姨对老伴儿说：“我感觉有点儿委屈。我说的话是想安慰你的，不过你听了好像更生气。你能说说你的感觉吗？”

乔叔叔说：“谁让你安慰了？你愿怎么感觉就怎么感觉！”停顿了一下，他又说，“咳，我这样说也不合适。也得谢谢你。不过我也没觉得你那是安慰。”

申阿姨说：“不是安慰？那你听着是什么？”

乔叔叔说：“我听着你就像在说和自己没关系的事。你总是那么乐观，整天说‘没事’‘已经很好了’，好像我心里难受是没事找事一样。”

申阿姨问：“那你想我怎么样啊？”

乔叔叔说：“你要是难过一点儿，我反而可能还觉得你能理解我。”

申阿姨一听也有点儿着急上火：“我能不难过吗？你受伤整天在家憋着，我肯定替你难受啊。我那样说不是为了让你高兴吗，不然咱俩还都愁眉苦脸的啊，就为胳膊这么点儿小事！”

乔叔叔也急了：“你看，你又说‘小事’，你就觉得我这是小事！”

申阿姨这下才明白过来，在她眼里，胳膊出点儿小毛病没关系，只要身体没大病，就挺好，但乔叔叔不这样想，这是她之前没有理解到的。所以申阿姨对胳膊的过度放松的表现，反而让乔叔叔觉得不被理解。

申阿姨的故事说明换位思考有时难以一步到位，而是需要逐步推进：

首先要通过换位思考了解对方的需求；

在初步交流时，放下一些“付出总有回报”的执着，至少不为被对方拒绝和否定而过度失望愤怒；

倘若对方不为所动，我们可以把自己的初衷、现在的感受温和地表达出来，与对方一起讨论。

这样，换位思考就在反复交流中越来越到位，双方的沟通也越来越融洽。

换位思考也要适度

换位思考在心理咨询中被视为一种重要技术。心理工作者要经历长期的专业训练才能逐步提高实际运用水平。

对多数人而言，换位思考并不容易。所以中老年人在提醒自己换位思考的同时，也要注意适度。

第一，总是换位思考会有点儿累。太不体谅别人是失衡，要增加换位思考；心事重、敏感，整天为怎样替别人思考而纠结伤神，也是失衡。

第二，不要忘记：换位思考可以在沟通中进行。多数情况下，尊重、真诚地询问对方是了解对方的最有效方式。

第三，换位思考的目的只是更准确地理解别人，但并不意味着我们必须认同别人。

第四，如果我们需要深入了解家人，反复尝试换位思考却总也“换”不到点儿上，沟通也没有效果，那也别为难自己，可以向其他家人、朋友或专业人员咨询，他们的帮助或许可以让我们快速完成换位思考。

温馨贴士

试着多这样做，也是进步

1. 做有关别人的决定前，多与对方商量，少独断。

2. 多表达自己的希望，少下命令。

3. 增加一些欣赏，减少一些批评。

4. 多说“我感觉……”，少说“你应该……”。

5. 当家人带着负面情绪说话或做事情时，尽量寻找背后原因，而不要仅仅就事论事。

6. 如果当时不能换位思考，有了理解之后，可以再补充交流。

7. 不轻易说类似这样的话：“这个道理多简单啊，很容易想通的。”“这么简单的事，你怎么不明白呢？”“别人都做得到，你怎么就做不到呢？”可以说：“你做不到，一定有你这方面的原因。”

当面对的人是中老年人时，还要注意：

1. 解决当下的矛盾时少翻旧账。

2. 讲复杂道理时，最好结合例子。

3. 说话语速略慢一点，声音略大一点。

4. 当交流双方有不同意见，而且难以处理时，可以暂时转换话题。

5. 把事情直接说出来，不考验中老年人的记忆力，比如不要说“你还记得那件 ××× 事吗……”

5　相互欣赏，为感情加油充电

梁叔叔跟老伴儿和子女多次讲过一个故事。他当兵的时候，有一次野外拉练，他带伤坚持到底，那时他才刚参军半年，他们排长对他说：“你这小子，还真有股子倔劲儿。我看你行！”就这一句话，让梁叔叔记了几十年。

夸奖使人进步

回忆一下，我们或许还能想起过去某位长辈、老师、领导对我们的夸奖和鼓励，而那些话曾经长久地给我们动力。

不过，有些中老年人虽然能够熟练地夸奖“外人”，但对家人却吝惜夸奖的言语。

有人把这当成优点，说：“批评你是为了你好。批评使人进步。”

的确，批评让人们知道什么是错的，从而让人进步。然而，我们因为某事被人夸奖，就知道这样做是好的，会把优点保留下去；而且相对

城旦的小巷里，老街坊一见面自然有唠不完的家常。
愉悦的交流伴随着理解和欣赏，犹如相互“加油”“充电”。

于批评，多数人更愿意记住夸奖，所以夸奖更能使人进步。

有人说："我不愿说好话。你们年轻人可能喜欢听好话。有了一定阅历你们就知道了，那些好话都是有目的的。在家里也这样搞吗？那还要亲情干什么？"

有人说："做点事就要夸奖、要表扬，为什么这么虚荣？在家里也要这些假模假样的东西吗？"

的确，如果把夸奖当作管理手段并应用在家庭生活中，这是会让人觉得别扭。但是，以下情景也别扭。

过节了，妻子为丈夫和孩子精心准备了一桌子好菜，如果丈夫吃得漫不经心，没感谢、没夸奖，那么妻子可能不会高兴，下次做饭就不会有这么大的热情。

母亲要过生日了，女儿为母亲买了一件羊绒围脖，选的是价格中等、品质一流的品牌，颜色也能搭配母亲的多数外套，还显年轻。如果母亲看到礼物挺喜欢，但只是随口说了一句"啊，这个挺贵吧，又乱花钱"，然后就又去忙家务了。女儿一定不会开心。

丈夫可能会说："我不想夸奖。夸她不就是为了让她多做饭么，我不想这样哄她。"

母亲可能会说："我不想夸她，我不想让她觉得我是为了她送给我礼物而讨好她。"

那么该怎么做呢？

家人之间更需要"欣赏"

在家人亲友之间可以存在带有一定目的性的夸奖。比如很多丈夫都会夸妻子做饭做得好、家务做得好，多数妻子也能感受到其中"不怀好意"，但是妻子仍然期望这样的夸奖，因为这总比连夸奖都没有要好。

不过，相比夸奖，家人之间更需要"欣赏"。

欣赏，也可以叫"赞美"，它和夸奖相似，但又有很大差别。

欣赏是告诉对方："我感觉很舒服、很温暖，因为你做的饭很美味"，

“我觉得高兴，因为你买的围巾非常适合我”。

欣赏，仅仅是说出事实，说出自己的愉悦感受，说出这份愉悦来自对方所做的什么行为。仅此而已，欣赏不带有其他目的。

可惜，有的人对欣赏更加陌生。

有人把这原因归于我们含蓄内敛的文化，他们说：“咱们中国人比较含蓄，不愿意像外国人那样直接表达。”

有人觉得中老年人之间的情感在长久的岁月中变得深沉而自然，不用特意表达，他们说：“都老夫老妻了，哪还用说那些虚头巴脑的话？”

需要，太需要了。

我们的欣赏会给他人带去大利益。据说美国作家马克·吐温曾说：“只凭一句赞美，我可以活两个月。”说了话没人回应，人会没有存在感；做了好事没人欣赏，也让人感觉不到自己的价值。在别人欣赏、赞美的言语中，人们才知道自己有人在乎、有人尊重、有人感谢。这种存在感和价值感让人们有力地、温暖地活下去。

欣赏，还会给自己带来丰富的体验。当我们能够多多地欣赏他人、欣赏生活时，我们就被美好愉悦的片段环绕，我们自己的生活就会更加丰富充盈。可以说，一个人能欣赏到多少美好，这个人的生活就有多美好。

家人朋友之间相互欣赏，就是给爱情、亲情、友情充电。不懂得欣赏，生活就更缺乏趣味和美好，人们就更容易厌倦现在的关系。感情生活中出现厌倦，就像手机、电动车的电量不断被消耗，生活失去动力和热情，以至于闪烁着红灯报警，而相互欣赏可以重新点亮生活中的美好，让生活再次变得有滋有味，这就是为生活充电。

生活中需要下面这些家常话。

妻子对丈夫说：“你能听我说说这些话，我心里就舒服多了，不然我得憋屈好几天。真好，老伴儿就是老来伴儿呀。”

丈夫对妻子说：“你对我父母和我的姊妹们能这么体谅，说实在的，我可能平时说得少，但心里觉得自己很幸运。”

妻子对丈夫说：“你这次理发很显精神，看我老头儿多利索、多干练啊！”

婆婆对儿媳妇说：“今天收拾厨房有你搭把手，我轻松多了，还比我平时收拾得彻底。”

父亲对女儿说：“哈，你今天买的西红柿真新鲜啊，味道也正，真会买。”

儿子对母亲说：“不看你发的视频还不知道，你在老年大学跳舞跳得还不错呢，你还挺厉害呢。”

在日常生活中真诚地欣赏和赞美身边的人，这会给我们和他人都带去美好的变化。

温馨贴士

拓宽沟通的通道

与善于欣赏他人相反，有些习惯让人的生活越来越暗淡。《孤独心理学》一书提到如下几种习惯：

立即反抗和否定。在与他人的对话中常常以“不是”“不对”“不行”开头，而且节奏极快，对方话音未落，自己的“不”字就出口了。即使自己能够认可对方的部分观点，谈话也从否定对方开场，到最后也未必会表达对对方的赞同，所以让对方感觉被全部否定。

喜好评论。动辄对他人评头论足，无论聊什么都要做出一番评论。似乎被别人看到自己有不懂的事就是丢面子，所以在交流中竭力展现自己无所不知，以至于常常勉为其难。

爱发牢骚。喜欢挑别人毛病，抱怨多，建设性意见少。

算计过多。过于理性而少感性，重现实利益，轻心理意义，只做对自己有直接好处的事情，且根据重要程度决定努力程度，没有好处的事情一般不做。

顾虑过多。对事情先找问题、风险、缺陷，而且总能找到很多；对事情追求完美、求全责备。

这些做法是各个年龄段的人都可能有的，而且它们有时也是合理的，有时也能起到积极作用。但是，如果我们经常这样做，会减少别人和我们交流的机会。

6　聊爱好，本色就好

有时别人不愿和我们说话，仅仅是因为缺少共同话题。聊天聊什么？回忆往事、家长里短、房子孩子、养生保健都是好主题。除此之外，还可以聊爱好。

有爱好，更容易聊天

杨叔叔说他朋友圈里曾有个热传的视频：几个人围坐吃饭，吃饭的包间很普通，吃的饭菜也普通，但气氛不普通；一桌人似乎都是中年人，却没有中年人的俗气疲惫，而是英姿勃发，因为饭桌上有人唱歌，声音饱满又潇洒。

这段视频并没有常见的火爆看点，却能广为传播，为什么？因为有些聚会太无趣，人们不知道吃什么好，也不知道聊什么好。网友们羡慕这几位精神饱满的中年人，向往这以歌声为灵魂的潇洒饭局。

唱歌是这些人的共同的爱好，《四世同堂》里的祁老人和钱先生也有共同爱好。老舍先生这样描述：

论性格，论学识，论趣味，祁老人都没有和钱先生成为好友的可能。可是，他们居然成了好朋友。在祁老人呢，他，第一，需要个年老的朋友，好有个地方去播放他的陈谷子烂芝麻。第二，他佩服钱老人的学问和人品。在钱先生呢，他一辈子不肯去巴结任何人，但是有愿与他来往的，他就不便拒绝。他非常的清高，可并没有看不起人的恶习气。假若有人愿意来看他，他是个顶和蔼可亲的人。

虽然已有五十七八岁，钱默吟先生的头发还没有多少白的。矮个子，相当的胖，一嘴油光水滑的乌牙，他长得那么厚厚墩墩的可爱。圆脸，大眼睛，常好把眼闭上想事儿。他的语声永远很低，可是语气老是那么谦恭和气，教人觉得舒服。他和祁老人谈诗，谈字画，祁老人不懂。祁老人对他讲重孙子怎么又出了麻疹，二孙媳怎么又改烫了飞机头，钱先生不感趣味。

但是，两个人好像有一种默契：你说，我就听着；我说，你就听着。钱默吟教祁老人看画，祁老人便点头夸好。祁老人报告家中的琐事，默吟先生便随时答以“怎么好？”“真的吗？”“对呀！”等简单的句子。若实在无词以答，他也会闭上眼，连连地点头。到最后，两个人的谈话必然地移转到养花草上来，而二人都可以滔滔不绝地说下去，也都感到难得的愉快。虽然祁老人对石榴树的趣味是在多结几个大石榴，而钱先生是在看花的红艳与石榴的美丽，可是培植的方法到底是有相互磋磨的必要的。

上文中的交流当然算不上深入，但他们总会聊到共同的爱好——“养花草”，并且都感到“难得的愉快”。

共同爱好在交流中有特别的作用。在爱好中，人的感受力更强，表达能力更丰富，状态更放松。舞蹈、唱歌、打球、钓鱼等活动都有身体参与，身体语言的表达更容易让人获得理解和共鸣。

相同爱好的人聚在一起容易形成特殊的气氛，气氛激荡会越来越有感染力，就像一个人的歌声会引出另一个人的歌声，让大家都进入歌唱的氛围。

爱好让人年轻，当人们投入其中时甚至感觉像回到童年、回到学生时代。

爱好广泛的人虽然不一定有知己，但不会缺少可以相互温暖的朋友。

爱好形成的小“江湖”

然而，爱好活动中也有不愉快。

小谷说，她不再支持她妈妈参加老年合唱团了，因为妈妈经常在参加活动回家后仍然气鼓鼓的，原因是学员们在活动中经常发生各种矛盾。

小谷惊讶于老年合唱团团员们也会因为争抢角色而“明争暗斗”，在日常排练也有“小帮派”。她说：“不就是玩嘛，这些老太太还真下力气。我劝我妈别去了吧，可她还不答应……”

有人的地方就有热闹，也就有麻烦。由爱好围起的一个个圈子，也是一个个小“江湖”，在这里一旦近距离、长时间相处，我们一样会发现攀比、虚荣等人之常情常态。

其实，从某个角度说，有这样的麻烦是心态比较年轻、精力比较富余的表现。所以，只要控制好情绪、不要气大伤身，偶尔经受小小的“争斗”不算什么坏事。

而且爱好的江湖中毕竟没有那么多利益纠缠，这里主要是欢乐和轻松，这里的利远大于弊。

直接参与和旁观欣赏，都是享受爱好

小谷的母亲很希望自己能在老年大学文艺汇演的合唱节目中做领唱，但现在她只被安排为伴唱，这让她很不开心。

爱好的参与形式有很多种，每个人可以根据自己的条件选择，同时也要尊重相应的规则。以唱歌为例，参与的方式包括：

学习。可以在老年大学、街道社区学习，也可以在家自己学习，还可以和老朋友们一起找老师学习。

表演。可以去有组织的合唱团唱，也可以在公园、社区里与街坊邻居们一起随意唱。

创作。有基础和天赋的中老年人可以在爱好活动中做创作性的工作，比如作词、谱曲等。

组织。如果愿意，还可以当合唱活动的服务人员、老年大学的学员助教、学员班长，以及其他老年活动的志愿者，等等。这样既服务了别人，自己也得到了更多乐趣。

欣赏。听别人唱歌，也是参与爱好的重要方式。

因为懂得参与爱好的方式有很多种，丁阿姨才能享受广场舞的乐趣。

丁阿姨喜欢广场舞，其实她没法像多数人那样跳舞，她腿部做过大手术。每到广场舞的时间，她老伴儿就推着她到广场边，她坐在轮椅上听着音乐、看着别人的舞蹈，自己打着节拍。

她说："我打节拍就是跳舞，而且分两大系列。一个系列是拍手舞，这个系列的音效好，比较活泼，而且拍手可以按摩心脏。第二个系列是拍身体，声音虽然不脆，但动作更多样，同时也是拍打按摩。很棒吧？"

丁阿姨既是欣赏也是表演。因为有共同爱好，丁阿姨和组织广场舞的几位热心阿姨很熟络，她们经常一起聊天，聊聊新出的伴舞曲目和动作。

刘姥姥和贾母都玩出了本色

杨叔叔曾经提出关于爱好的另一个担忧，他说："视频里那些人是专业的，据说是大学的音乐教师，人家水平多高啊，咱们能跟人家一样吗？咱们一唱，估计大家都吃不下饭了，哈哈。"

怕自己水平低，所以不敢聊。这是很多中老年人的担忧。然而有一位老年农妇曾参加贵族家庭聚会，大大方方玩出了本色。这位农妇就是刘姥姥。

刘姥姥第二次进荣国府时曾参加家庭聚会，聚会的一个环节是行酒令。贾母、刘姥姥、王熙凤、宝玉、宝钗、黛玉等人都是参与者，大家轮流游戏。贾母的大丫头鸳鸯是主持人，不管轮到谁她都从一副牌九里随便抽三张，一张一张念出牌面，让游戏者根据牌面的名字或图形联想，随便说诗词歌赋、成语俗话里的句子，要求句子有意义，而且要与主持人念的牌面押韵。

这游戏难度不低，第一位参与游戏的贾母是这样完成游戏的：

鸳鸯道："有了一副了。左边是张'天'。"

贾母道："头上有青天。"

众人道："好。"

鸳鸯道："当中是个'五合六'。"

贾母道："六桥梅花香彻骨。"

鸳鸯道："剩得一张'六合幺'。"

贾母道："一轮红日出云霄。"

鸳鸯道："凑成便是个'蓬头鬼'。"

贾母道："这鬼抱住钟馗腿。"

说完，大家笑着喝彩。贾母饮了一杯。

因为贾母完成了任务，所以不用罚酒，只常规地喝一杯就行。接下来薛姨妈、湘云、宝钗、黛玉、迎春依次完成了游戏，轮到刘姥姥了。

刘姥姥一开始有点慌，她想退出游戏但被阻拦了，也只好客随主便。可真轮到她玩游戏的时候，她并不怯场，她说："我们庄稼闲了，也常会几个人弄这个，可不如这么说得好听。少不得我也试一试。"

刘姥姥承认各自风格不同，但不觉得这游戏是贾府这些体面人的专利。接下来她要做游戏了。

鸳鸯笑道："左边'大四'是个'人'。"

刘姥姥听了，想了半晌，说道："是个庄稼人罢。"

众人哄堂笑了。

贾母笑道："说得好，就是这样说。"

刘姥姥也笑道："我们庄稼人，不过是现成的本色，众位姑娘姐姐别笑。"

鸳鸯道："中间'三四'绿配红。"

刘姥姥道："大火烧了毛毛虫。"

众人笑道："这是有的，还说你的本色。"

鸳鸯笑道："右边'幺四'真好看。"

刘姥姥道："一个萝卜一头蒜。"

众人又笑了。

鸳鸯笑道："凑成便是'一枝花'。"

刘姥姥两只手比着说道："花儿落了结个大倭瓜。"

众人大笑起来。

同样的游戏，贾府贵族有他们文雅的玩法，刘姥姥用大白话也一样玩，而且有生活、有趣味。有人说刘姥姥心甘情愿被贾家笑话嘲弄，是为了讨好、要钱，这是没羞没臊。但蒋勋先生是这样解读刘姥姥的：

刘姥姥进大观园，成为一个笑话，可是反过来说未尝不是如此。贾母如果有机会到刘姥姥家去住几天，大概也要闹很多笑话的。

……很多时候并不是别人在侮辱我们，而是我们自以为比不上别人，觉得自卑。刘姥姥是豁达的，她知道一切都是为了让老太太开心，一下子就把问题给解决了，这也是刘姥姥的智慧，她知道该怎么跟人相处。可见智慧和知识是两回事……在对人的担待与了解上面，刘姥姥也许超过了所有贾家的人。

第四十回很容易被误认为写的是刘姥姥被捉弄的事情，事实上刘姥姥是《红楼梦》里一个重要的人物，通过她，我们有了看待贾府生活的另一种角度。刘姥姥用她自己的本色，表现出了一种生命力。

刘姥姥豁达，让别人开心，自己也不难受；贾母，在场的另一位老人，她的表现也值得称道。

贾母与身为贫困农妇的刘姥姥能够聊得自然亲热，称对方是“老亲家”，说自己“不过是老废物罢了”。当她发现刘姥姥是个有趣的人时，大大方方地把对方留下，邀请她参加第二天的家庭聚会；而因为有刘姥姥在，这次普通家庭聚会比节日聚会还开心热闹，贾母玩得特别尽兴。

本色就好，多些感受、少些负担

一位农妇，一位贵族大家长，两位地位悬殊的老人都玩出了自己的本色，但我们却常常有顾虑。

其实，我们完全可以少点紧张、多点放松；少点竞争，多点感受；让自己融入活动氛围。我们不必过于在意技术水平，自己的本色就是富有生活情趣的。不求最好，只为开心。

有人提出问题：如果水平不高，却又自顾自地开心，会被别人讨厌吧？

如果我们进入的是普通爱好者的圈子，那里人们的水平自然也是有高有低，自然有水平相近的人做伴；如果我们好学，那么自动会有热情的“前辈”来指点；如果我们误入了一个专业级团体，完全跟不上节奏，那退出来就是了。

另外，参加群体活动肯定要遵守群体的规则。在遵守规则的前提下，如果还有人“讨厌”我们低水平的表现，那是对方的事，他们可以不看、可以离开，或者当面提出意见，否则就是他们自寻烦恼。

想通这些道理，杨叔叔比以前放得开了。以前当他唱完一首歌，别人无意的调侃都曾被他解读为嘲笑。他感慨：“那些过度敏感的习惯让我错过了多少乐趣呀！”

十句话回顾

* 生活中纠缠着的事情有时就像“先有鸡还是先有蛋”那样难以理清，是没头没尾的“糊涂账”；如果我们因为“糊涂账”而失望，那就不如接纳失望，这反而会让人平静下来。

* 行动是失望的解药：从“对人”到“对事”，从先看到“做错的”到先看到“做对的”，从消极抱怨到积极请求。

* 分别处于“控制型父母”状态和“冲动型儿童”状态的两个人很难进行良好沟通，这时需要有人转变。

* 认为对方有错，这常常是不愉快的交流乃至愤怒和争吵的源头，然而当我们正确的时候，别人未必错；请少一句指责、多一句询问。

* 人人都有双重标准的倾向，如果只想着挑别人的毛病，那生活中就有挑不完的毛病，所以需要相互包容。

* 人们的爱憎好恶有很多共性，所以推己及人的做法通常是善良友好的。

* 当别人拒绝我们，说“不用”“不需要”时，就是在以否定的方式表达需求；我们需要询问和换位思考，才能知道对方具体需要什么。

* 一个人能欣赏到多少美好，这个人的生活就有多美好。

* 不懂得欣赏，生活就更缺乏趣味和美好，人们就更容易厌倦现在的关系；家人朋友之间相互欣赏，就是给爱情、亲情、友情加油充电。

* 在兴趣爱好活动中，我们可以少点紧张、多点放松；少点竞争、多点感受；自己的本色就是富有生活情趣的。

第四章

为什么中老年人很少倾诉

倾诉就是向信任的人说说心里话。人人都有烦心的时候，人人都需要倾诉，但倾诉机会却不是随手可得的。

倾诉需要“说”和“听”两方共同完成：要一个愿说，一个愿听；一个会说，一个会听。

1　倾诉不容易，有苦说不出

孙悟空打死了一伙强盗，唐僧认为他滥杀无辜，将他逐出师门。孙悟空心里烦闷，一个跟头跳到空中，踩在云端他却不知要到哪儿去。想回花果山水帘洞，怕本洞小妖笑话自己出尔反尔，不是大丈夫；想要投奔天宫，又怕不能在天宫长住；想要去海岛，恐怕见到三岛诸仙也会惭愧；想要奔龙宫，又不愿意向龙王低头。悟空觉得自己无依无靠……

连孙猴子都需要倾诉

没处可去，悟空又回到唐僧身边，但唐僧还在气头上，见悟空回来又一遍遍念紧箍咒，悟空疼痛难忍，只能再次离开。就在这最苦恼的时候，悟空突然想到可以去找观音菩萨。

没多会儿，悟空就来到南海，看到观音菩萨，悟空倒身便拜，泪如泉涌，放声大哭。菩萨让木叉行者和善财童子把悟空扶起来，说："悟空，有什么伤心事，明明说来，我给你救苦消灾。"悟空流着泪，再次行礼，说："弟子以前哪曾受过现在这种冤枉气啊……"悟空向菩萨一通倾诉。

这是《西游记》第五十七回的片段。

孙悟空并不只会七十二变和筋斗云，他还很会求助和倾诉。他少年时遇到困惑，便漂洋过海去访师求学；后来跟随唐僧取经，遇到困难就向各路神佛求助，受了委屈便向观音菩萨倾诉，上面这段便是其中一次。

这些做法虽然没有大闹天宫那么痛快，却让他在遭遇挫折后能够一次次振作精神重整旗鼓，最终克服九九八十一难，取到真经。

人人都需要倾诉，连孙猴子都需要。

倾诉是分享感受、秘密

什么是倾诉？安阿姨说："倾诉就是向信任的人说说心里话，让心里舒服一点儿。"这个定义很棒。

倾诉是说"心里话"。什么是"心里话"？人与人交流的内容可以分为几个层次：最低一层是打招呼，简单寒暄；第二层是分享一般信息，比如说说最近的新闻、超市搞打折活动的信息，聊聊最新的电视剧的剧情，再如说说自己和家人的一般情况，等等；第三层是分享观点和价值观，比如"中老年人应该多旅游""我看上当受骗的人都是因为贪便宜"；第四层是分享感受，"我感觉最近心很累，因为……"；第五层是分享个人隐私，包括说出生活秘密，表露隐藏的情绪和情感。这五个层次没有严格界限，在交流过程中可能随时跨越层次。"心里话"是第三层次以上的，通常包含感受和隐私。

倾诉能够让心里舒服。很多人都有这样的经验：找人聊聊，甚至是哭一场，事后都会感到轻松；脑子里乱糟糟的事情，跟人说说思路就能清楚些。有的人怕聊烦心事让自己更烦心，其实憋屈、压抑更难受。有的人觉得遇到麻烦要全靠自己消化，但那样事倍功半，而且压力不知道会从别的什么地方冒出来。

倾诉需要对人的信任。因为倾诉时人们会"打开"自己，这会让倾诉者害怕，怕自己的表达让对方尴尬，怕自己的絮叨让别人烦，怕自己把别人的客套当了真，怕自己掏心掏肺说了实话却让对方看了笑话，怕自己的秘密没两天就尽人皆知，怕即便说了别人也听不懂，怕被别人冷冰冰地打断，怕得到的反馈让自己更受伤。

所以，人人都需要倾诉，但倾诉机会并不是随手可得。倾诉需要"说"和"听"两方面共同完成，就像孙悟空和观音菩萨，一个愿说，一个愿听；一个会说，一个会听。

先说“说”的一方，是不是人人都能像小说里的孙悟空那样愿意说、有能力说呢？不一定，因为很多中老年人有苦说不出。

中老年人收缩朋友圈

安阿姨想找人聊聊，她首先想到的就是老伴儿。他们俩平时交流得并不少，但这次想说的事和老伴儿多少有些联系，所以不便谈。安阿姨又想到儿子，儿子和儿媳太忙，也不太理解自己。那就找亲朋好友吧，她打开手机看联系人，看了一圈儿，找到了两位“候选”倾听者：一位是她的表妹，另一位是她的一位老同学。

倾诉需要信任的、合适的倾听者。

家人是最好的倾听者。向家人倾诉可以让夫妻、亲子关系更加紧密，还有助于家族情感和家族历史的传承。只是偶尔有些事不便向家人倾诉。

亲戚朋友则是更多人形成的朋友圈，在这里可以找到更多合适的倾诉对象。

然而，有些中老年人说：“别这么乐观。人老了，朋友越来越少。”这确实也是事实。但如果看清背后的规律，就可以少些失望。

研究表明，中老年人的朋友圈明显收缩。有学者认为这是中老年人为了满足自己的情感需求而做的优化选择。

青年人需要大量新信息、需要人脉，所以为了交朋友愿意牺牲一些情感上的愉悦和幸福；而中老年人会把情感幸福放在第一位，只有最亲密、最可信赖的那部分朋友才是最能让自己获得情感满足的人，中老年人愿意减少数量、提高质量。

因此对中老年人来说，朋友圈的大小并不是最重要的，只要有可以经常往来、相互依赖的“核心朋友圈”。核心朋友圈成员可以是任何人，除配偶和子女外，常常还有兄弟姊妹、老同学、老战友、老同事、有相同爱好的人和邻居等。在这里面通常能找到可以倾诉的对象。

又有中老年人说："我的所谓'核心朋友圈'也没多少人，有些人原来在，后来又出去了。"这也是人之常情。

著名画家吴冠中先生九十一岁接受访谈时说："我这一辈子啊，很孤独。我有亲人，但一步步往前走时，亲人渐渐不理解，你走得越远，中间距离就越远。亲情，我并不很看重。至于朋友，只能某一段同路而已，过了这一段，各走各的路。一辈子的同道，几乎没有。"

他接着被问道："就是'高处不胜寒'了？"他回答说："正是。"

有的中老年人并没有上述那么强烈的感觉，但会或多或少地尝过其中的味道。比如，有人可能感受到，亲情和友情难以长久保持在最好的状态。因为人是会发展变化的，即便是一同长大的兄弟姐妹好友也会渐行渐远，就像同一棵树上长出来的树枝，尽管小时候离得很近，但越成长，它们之间的距离越远、分杈越大，样子也越来越不同。到了老年，每个人都成了茕茕孑立的梢头。

即便偶尔相聚，大家一起回忆过去共同经历的往事，也会因为不同阅历而产生不同版本的解读；倘若相互之间有利益纠葛，人们在情感被触动之后很快回到现实问题的讨论，油然而生的共鸣立刻消减大半。比如，几位上了年纪的兄弟姐妹难得见面，倍感亲切，亲切中情不自禁地说起以前的事，说到以前可能又想起父母的老房子，从老房子又想到当年遗产分配等事情，可能就有人不高兴了。

因此，随和包容的中老年人，还容易保留些把酒言欢、一团和气的友人；而要求完美的人，则会逐渐少了同行的伴儿。

另外，中老年人与亲戚、朋友平时见面的机会也少。毕竟家庭是日常生活的中心，家务事占据生活的多数时间。

有些中老年人意识到这些困难，所以格外珍惜现有的亲情和友情，他们一直在用行动维护朋友圈，比如他们相信"思念不如见面"。

温馨贴士

思念不如见面

定期召集聚会，不要让家务事占据自己所有的时间，让老友聚会成为中老年人生活中例行的休闲娱乐活动。

聚会可以分为“大聚”和“小聚”。大聚尽量照顾到多数人都能参加，频率可以低一点；小聚机动灵活，三五人就可以成行，频率可以高一些。

好朋友、老同学、老同事建个微信群，群主担起责任，定期组织聚会，有了特殊原因也可以即兴组织聚会。

关系最好的几个人建立一个“小群”，小群的执行力通常比大群高很多。

同一拨人经常相聚，相互之间就会越来越默契，信任度、安全感提升，交流也会更有深度。不过同一拨人经常相聚可能会因为距离拉近而产生矛盾，这时可以把话说到明处，说出感受、找到需求、商量办法，可以让交往更真诚、更具有养心的功能。

中老年人好面子，更要相互尊重隐私。别人不想说的事，如果不说就不要刨根问底。这样群体就有更安全、温暖的氛围。

在聚会中少些攀比。有些人不愿聚会是因为好面子，有些人不愿聚会是反感聚会中的攀比。

有些聚会让人不愉快，但仍有很多让人愉快的聚会。

聚会难免有不愉快的点滴，只要多数时间开心就好。

我们可以回避令自己不愉快的关系，如果虽然回避了但心结还在，可以向信任的人表达自己的感受和需求，并一起商量办法。

倾诉会破坏关系平衡？心意在就能平衡

有些人即便面对可信任的、很投契的亲友也不会倾诉，这又是为什么呢？这可能是为了保持朋友间关系的平衡。

朋友之间需要平衡的关系。平衡的关系中有“你帮我”，也有“我帮你”，接纳和给予共存，平衡的关系让人舒适放松，大家各自独立，没有谁欠谁的，也不需要谁让着谁。当人们倾诉时，难免诉说自己遇到的困难，这可能会打破朋友间原有的平衡，产生“单向帮助”，这对双方都可能有影响。

先说帮助他人的一方。帮助他人可以提高人的自尊，但是当付出较多而回报较少的时候，倘若没有深厚的情感基础，会渐渐地、有意无意地产生优越感，降低对朋友的尊重。

被帮助的一方虽然是受益者，但他没法给朋友同等的帮助，他感到亏欠朋友，就产生了心理压力。

双方的心理失衡会损害友谊，严重时会导致朋友关系终结，乃至反目成仇。这样的事例并不少见。

所以中老年人常常会明里暗里计算朋友帮过自己什么、给了什么礼物，自己要怎样还人情。这是中老年人在小心地维护友谊，在他们看来，维持其中的平衡像维持两国进出口贸易平衡一样重要，所以这事没看起来那么俗气，只要这个计算没有过度到成为心理负担。

然而，关系的天平两端不仅有看得见的礼物和实实在在的帮忙，还有“心意”。

心意就是对人的真情。在交往中，心意的表达和接收情况与交往双方的性格、双方的感情有关，没法一概而论，但我们不能忽略它。

有很多这样的情况：当双方都足够真诚，把话说开、把情领透，天平的两端都有沉甸甸的心意，那么无论怎样都不会有不平衡。

严重困难是挑战，但也是特殊的机缘

有的人在承受轻微困难时还能够向人倾诉，但遇到严重困难时却会选择回避。严重困难包括家庭矛盾特别激烈、经济出现大亏空、家人离世、自己罹患严重疾病，等等。

邓叔叔在老年合唱团做管理工作，他遇到过这样的情况：某位团员一次排练时请假，之后再也没出现，也不跟合唱团里的朋友联系。几个月后，邓叔叔突然听说那人已经没了。原来，这位团员早就知道自己生病，但他从未跟同学们提起过，当感觉身体无法支撑的时候就与外界彻底隔离。

这是病人主动隔离自己，有时病人还会被朋友隔离。

范爷爷去看望罹患重病的老朋友。病床上的老友一见范爷爷就拉着他的手不放开，情绪激动，只说了一句“我这个病啊……”便说不下去，失声痛哭。范爷爷也没忍住眼泪，同时心脏明显感觉不适。一旁的护士及时劝开两人。范爷爷身体受不了这样的场景，他也怕让老友再心情起伏，思虑再三决定接受医生建议，在老友和自己有更好的状态前不再探望。

严重困难可能让朋友圈瓦解，但也可能成为凝聚朋友圈的特殊机缘。姜阿姨这样提起过她的一位朋友：

> 我有个老同学很了不起。她去年生了场病，前几次检查结果很不好。她家里还有个病人呢，之前还主要靠她伺候，所以当时她压力太大了。
>
> 她经常在我们五个关系比较好的同学组成的小群里发语音。她讲什么呢，讲看病的经验，讲对医生、护士的体谅，还讲家里人的笑话。她也说自己的难处，但她看开了，她常说：“能怎么办呢？发愁没用，继续过呗。”
>
> 我和另外三个人一开始还有点紧张，不敢乱回复，觉得人家家里都乱成这样了，咱不能像以前一样随便说话吧，怕说错话。后来发现人家都不在乎，我们几个就跟原来一样聊，虽然经常伤感难过，但也时不时聊得很乐和，有时候比原来还热乎。
>
> 她也是有福气，手术结果很理想，现在已经恢复得差不多了。她说她很感谢我们。我们现在比以前还亲，就像亲人一样亲。

如果我们的朋友圈中有人正经历着特殊困难，而他在交往中不回避困难，依然真诚，那他值得我们给予足够的尊重和敬佩，我们可以像他一样保持平常的状态交往，这是对他的支持。同时，感受他的境界是这份友情给我们的珍贵礼物。

2 倾听，核心是“听”

吕叔叔是美食达人，喜欢研究营养食谱，做的饭菜营养又美味，一家人都说自己有口福。宋阿姨是医生，家里的孩子、老人都能从她这儿得到医疗方面的指导和照顾，她老伴儿也觉得自己有福。陶伯伯没什么突出的技能，但他温和有耐心，老伴儿、子女有了心事都愿跟他说说，连亲戚家的晚辈也喜欢跟他聊天。

如果我们认可吕叔叔、宋阿姨给家庭带来的福气，那么陶伯伯的作用也要被肯定。

有家人擅长倾听，是一家之福

有人倾诉，就要有人倾听。什么是倾听？倾听是听者接受倾诉者的信任，去真诚地听、换位思考地听，目的是理解倾诉者并为对方提供心理支持。

《西游记》中的观音菩萨是位好倾听者。听到悟空的倾诉，她没有自以为是地说：“是不是你师父又欺负你了？就知道他不会真心对你好！”她没有挖苦：“被师父赶出来啦？这时候知道来找我啦？”她也没有批评孙悟空：“你是齐天大圣，你还好意思哭？”

她命弟子扶起跪拜在地的悟空，让悟空把难过的事说清楚，然后一面安慰他，一面和他一起分析现状，最后鼓励悟空重新回到取经路上。

孙悟空遇到困难总可以向观音菩萨倾诉，这是他的福气；如果在一个家庭中有一位善于倾听的成员，这也是一家之福。

然而，有些家庭里可能有这样不愉快的沟通片段：

妻子：“我心里烦的时候，跟人说说多少能好些，不说就憋得慌。可你整天不耐烦。”

丈夫：“我不愿听你说那些乱七八糟的事，没完没了。”

妻子：“我想跟你说说呀。”

104岁的罗开明和105岁的吴关凤，开始了他们85载相伴岁月中新的一天。

同一屋檐下，一起说说话……

丈夫："你翻来覆去说了多少遍了，每次都一样，我说了你也不听。"

妻子："……"

都知道夫妻间、家人间要多交流，都知道与家人深入的情感交流是珍贵、幸福的，那为什么有时听多了会烦、听多了会累呢？有人把原因归于对方不好，有人把原因归于关系不好，还有人反省是自己耐心不够。

这些都是可能的原因，但都忽略了倾听本身的难度，有时不能倾听仅仅是因为缺乏方法。做菜和医疗照顾既要有耐心也要有方法，倾听也是一样。我们只需要掌握一点儿方法，倾听效果就会有明显改善。

原则：先听完，再说别的

倾听的原则：先听完，再说别的，并且让情感支持贯穿整个过程。

下面通过三个问题解释这个原则。

第一个问题：为什么顺序很重要？

我们都有体会：当家人遇到麻烦，倾听者可能比倾诉者更着急。有的人在焦虑情绪下就会批评、指责别人，这也是人之常情。

对此，倾诉者作何感受呢？"我只是想跟他说说烦心事，可我刚说个开头，他就好像什么都知道似的，开始训斥我，一讲一大堆。到后来我都忘了我要说什么了，也根本听不到他在说什么，比不说还烦，只想赶紧离开。"

我们得知道：倘若没有利于交流的关系和氛围，话讲多少遍、讲多长时间也不能帮助到对方。

第二个问题：为什么还要表达情感支持？

有中老年人对我说："还用说出来吗？她是我老婆子，我是她老头儿，我能不支持她吗？""她是我女儿，我是她爹，我能不爱她吗？还用说吗？"

当然需要表达。尤其考虑到当家人倾诉时，他多半正处于愤怒、悲伤、恐惧等负面情绪中，他可能心理受了伤，可能脆弱，可能无助，此时倾听者就不要再矜持，也不要再考验对方了，把对他的爱和关心清楚地说出来，这是对方正渴盼的。

第三个问题：倾诉者有困难、有问题，倾听者直接解决问题不就行了？

有些人把自己当成“技术专家”“问题解决者”，他们觉得解决问题才是关键，包办代替最有效率，而情感表达都是虚的，不必多此一举。这样做短期或许显得有效率，但长期看会适得其反。

关阿姨对儿子就这样。她丈夫工作繁忙，儿子从小是她的心头肉。儿子一遇到问题，她就着急，就立即按照自己的想法替儿子解决问题。儿子和同学闹矛盾了，回家哭，她最怕儿子哭，一边连哄带吓地阻止儿子哭，一边立即去找老师和同学家长“算账”；儿子考试考不好，回家很沮丧，她二话不说就花钱找人开小灶。

现在儿子二十多岁了，他朋友很少，在工作上遇到难题还是希望父母解决，但关阿姨和老伴儿年纪大了，快退休了，越来越力不从心。关阿姨的老伴儿在气头上会指责儿子“不成器”“没本事”“还一点儿都不知道感恩”，儿子就回屋关门不说话。关阿姨不知道该帮谁、该怎样帮……

总之，倾听的原则很重要。如果没有听到需求就帮忙，那么只能越帮越忙；如果不表达情感支持，解决再多问题，都不会让家人的心靠得更近。

听，直到得到明确的结束信号

一开始，倾听者主要是听，一直听，直到得到明确的信号：倾诉者表示说完了，或者表示想听听倾听者的看法。此时倾听者能够感受到倾诉者逐渐平静下来、心理包袱已经卸下大半。

在听的过程中，倾听者尽量保持安静、专注，不打断对方的话。身体朝向倾诉者，听的时候可以用温和的“嗯”“哦”“这样呀”之类的话语，或者点头这样的动作来表示自己一直在跟随着倾诉的内容。

当倾诉者哭泣或表达愤怒时，倾听者别急着压制对方的情绪，可以适当拍拍对方，拥抱一下，或者为对方递上纸巾，不必马上让对方恢复平静，给别人的情绪留一点空间。

倾听时，不提建议，不讲大道理说教，不指责批评，不讽刺挖苦。有些倾听者出于善意，尝试用说教乃至激烈的训斥去“唤醒”倾诉者，但这样做不仅无法把自己的力量灌输给对方，而且让对方不敢再倾诉。如果再加上冷嘲热讽，那可能让倾诉者更加自责、自卑，乃至陷入更深的心理困境。

即便倾诉者表示自己说完了，但稍一停顿他可能还会继续说，这也很正常，倾听者就继续听。

倾听者可以适当地表达

在对倾诉者叙述的事情有了基本了解，倾诉者把自己的话基本说完后，倾听者可以适当地表达。

一是表达感受，表达理解和尊重。比如倾听者可以说：

“我感受到你现在很烦，很不高兴。”

“因为你被人这样误会，你现在很伤心，是吗？”

“虽然不能全部感受到，但我知道你真挺不容易的。”

二是通过询问确认对方的想法，减少误解，不要猜测对方的想法。

小侯说她父母不像其他老人那样经常旅游，她觉得爸妈一贯抠门，而且不懂生活。我也曾和小侯妈妈交流过旅游的问题。

我问：“您觉得旅游怎么样？”

小侯妈妈说：“挺好的，可以到处看看。就是有点儿麻烦。”

不要按自己的想法猜测别人的“麻烦”，而是继续问。我问：“您说旅游有点儿麻烦，您能具体说说您觉得旅游怎么麻烦吗？”

她说：“其实也没多麻烦，就是累呀，一天天到处跑。”

我问：“嗯，旅游确实会比平时累。听起来您好像挺怕被旅游累着，有什么特别的原因吗？”

小侯妈妈有点儿犹豫，停顿了一下，说：“其实吧，你侯叔叔身体没有看起来那么好，我真怕把他累坏了。”

原来，这才是小侯爸妈不旅游的真实原因，他们在女儿面前习惯性地对身体健康情况报喜不报忧，女儿也没能在日常交流中了解到老人的真实想法，而只凭经验和想象做出了猜测。

就像上面例子那样，倾诉者可以接着对方的话去问，可以重复对方的话，再请对方确认，从而修正理解。

三是确认对方倾诉背后的需求。例如可以问：

“你现在最希望的是什么？”

“你觉得怎么样改变，事情才能好一些呢？”

四是询问并了解自己可以提供什么帮助。如果倾诉者不主动说，倾听者可以提出问题，让倾诉者自己选择在倾诉之后想得到什么，是仅仅想了解倾听者听了之后的感受，还是想获得建议，或者是需要其他什么具体的帮助。

五是如果倾听者有不同意见，也可以适当地表达。

倾听者并不需要认同倾诉者的观点。倾听者可以用类似这种方式表达不同意见：

“你说得很有道理，不过我还想到一点……不知道你觉得对不对。”

“你刚才那个想法很有趣，我也学到新东西了，但是，不知道在安全方面你是怎么考虑的。我希望和你讨论一下。”

即便倾听者和倾诉者的需求有冲突也没关系，倾听者理解倾诉者的需求并不意味着要放弃自己的立场，而是向倾听者表示：“我有我的需求，但我也会关心你的需求。”

另外，如果有些话不方便当面表达，还可以事后写信、网络留言；还可以用送礼物、帮忙做家务、做一顿好饭菜等更丰富的方式来向倾诉者表达自己的心意。

以上就是倾听的过程。从倾听的第一秒钟到倾听结束，倾听者的所有做法都体现了情感支持：动作和表情是温暖友爱的；感受是真诚的，理解来自换位思考；表达是为了提供情感支持，并引导对方说出感受、一起找到需求、一起商量办法。

总之，我们让倾诉者感到我们在努力理解他，让他相信无论怎样，我们都会陪着他、支持他。这样，倾诉者心里的阴雨会逐渐减少，太阳渐渐升起，使自己的力量重新聚集起来，既能摆脱困境又能得到心理成长。

温馨贴士

如何解决倾听中的困难

如果倾听者想倾听，但不知道该说些什么，可以只静静地陪伴。陪伴本身就是情感支持，必要时可以递纸巾、倒水，以及握手和拥抱。这样的效果常常远好过滔滔不绝地说教。陪伴时要专注，不要分神去看电视或手机。

如果倾诉者急需建议，而倾听者没有好方法，那么可以一面提供情感支持，一面陪着对方寻求解决方案。比如一起讨论，一起查资料或请教专家。

如果倾听者自身状态不佳，不想倾听，那么不要勉强，可以直说："我现在心情很不好，没法听你说。咱们换个时间可以吗？"

如果倾听者有别的事情要做，比如该去接孩子了，那么可以直说："过一会儿该接孩子放学了，要不今天先说到这儿，咱们换个时间继续吧。"不要焦虑不安地勉强倾听。

如果倾听者在听的过程中情绪剧烈波动，可以提前向倾诉者表达"咱们聊了一段时间了，我们都休息一下，一会儿再继续讨论，可以吗"，而不要在突破极限时爆发。因为倾听者爆发式的表达，例如呵斥倾诉者"哭什么哭！""还有完没完？""我听够了！"，会伤害倾诉者，破坏双方关系，导致新的冲突。

如果倾听者一听到某类内容的倾诉就烦，说明自己对这类问题比较敏感；倘若感觉非常难受，或许应该就这类问题去找人聊聊。

倾听者也需要倾诉者的理解

向家人倾诉，多少都能得到些理解，有时还能收获一个拥抱、一顿好饭、一件礼物，这都是珍贵的、有效的反馈。能够得到家人的倾听是幸福的，但得不到倾听也正常。

且不说有些人不善于倾听，即便善于倾听的人，也不能无限制地倾听。相信很多人都有体会，听别人说话也会听到累，尤其是中老年人。

人仿佛有个“容量”，在一段时间只能容纳一定限度的倾诉；有人“容量”大，有人“容量”小。即便是“容量”大的人，当倾听量超过限度后，也会变得麻木和迟钝。

因此，倾诉者也要理解倾听者。

倾诉者不要期待过高，虽然家人关心我们，但有时并不能提供有效的倾听。高水平的倾听需要专业技能，家人并不是专业人员；即便家人凑巧是专业人员，他在家时也并非处于工作状态，与倾诉者也不是工作关系。

另外，有些话家人并不想听，也没有合适的建议。因为家人间关系紧密，倾诉的某些问题对于家人同样敏感、棘手。不过，如果双方都擅长沟通，心态稳定而包容，且选择状态良好的时机，那么对敏感问题的倾诉会很有助于解决问题。

当倾诉者再三重复说一件事，尤其以抱怨的方式去说时，倾听者可能会听得烦躁。

倾诉者在自己倾诉的同时，也要尽量注意对方的反馈，并给予适当反馈，不要只说不听，这样才有助于倾听者更好地倾听下去。

要让倾听者有机会去倾诉他们自己的心事，因为无论多么善于倾听的人也需要倾诉，不能总是“剥削”他们。

我们无法时时记着关于倾诉和倾听的方法和规律，所以倾诉和倾听有时会走向意外结果，比如愤怒、争吵和加倍的失望。不过，这也正常。待双方平静下来后，可以再来看看以上内容。

去找更合适的倾听者

常言道“旁观者清，当局者迷”“不识庐山真面目，只缘身在此山中”。就某些事情而言，双方常常都是“当局者”，也都“身在此山中”，家人即便擅长倾听，也并不是所有事情的最好的倾听者。

还有些时候，沟通已经陷入负性循环：妻子想向丈夫倾诉，但丈夫不愿听；丈夫不愿听是因为丈夫也有烦心事，而且妻子因为心情差，同样没有耐心倾听丈夫。同时，双方都因为对方不体谅自己而更加烦躁，他们就像带着双人枷锁，而且他们中没人有能力解锁。在这个过程中，家庭关系已经受到严重影响。

他们需要外力帮助结束负性循环、打破沟通的枷锁。那么可以向哪些外人求助呢？

亲戚、朋友。他们是除了父母、配偶、子女之外与我们最亲近的人，也是我们宝贵的资源，绝大多数小家庭容纳不了的心事，都可以在这个范围内被处理。但能处理到什么程度，取决于我们与他们的关系、具体事务中利益牵连的程度和他们的心理能力。

专业人士。例如社区工作人员。很多社区工作人员都工作经验丰富，能比较接地气地处理问题，而且他们熟悉当地的社会资源，能够给予一些现实有效的建议和帮助。再如警察、律师、医生等。当被困扰的是财产纠纷、经济诈骗等与法律相关的问题时，可以及时向警察和律师求助。如果遇到的是与身体疾病相关的难题，可以咨询医生。如果有心理方面的问题，可以去找综合医院的精神科或心理科医生、相关专科医院的医生，以及有专业胜任能力的心理咨询师。

3　跨越代沟，相互倾诉、相互倾听

我在培训中做过一个小调查，问大家“有没有比自己大十岁以上的可以说说心里话的人，可以包括亲戚长辈在内”。被询问的人员各行各业，年龄多在二十岁到四五十岁，每次结果略有不同，但给出肯定回答的比例很低，高的时候约百分之二十，低的时候甚至是零。

年轻人需要中老年人

在现场，大家常对统计结果表示惊讶，多数是惊讶于居然还有人拥有年长的倾诉对象。

小调查之后，有时我会播放电视剧《手机》的片段，内容是四十岁的男主角严守一向八十岁奶奶的倾诉。下面是这段视频的主要内容，其中“白石头”“石头”都是严守一的小名。

严守一和妻子离婚，心里郁烦。他上班不省心，下班回家也歇不成，家里有他哥哥和前小舅子闹哄哄。这天晚上，严守一在床上翻来覆去睡不着觉，决定连夜开车去几百公里外的老家找奶奶。

到奶奶家已经是早晨，严守一安安稳稳地睡了一个白天。

傍晚，严守一醒来，跟奶奶在炕上面对面坐着说话。

严守一说：“奶，有好些话我跟别人都说不上，只想跟您说。文娟跟我离的起因是因为一个女的，我跟这女的她到底怎么回事，我自己心里也不清楚，文娟可能也不想弄清楚。她知道我们俩真正离婚的原因不是为了这个人，是因为这些年来我们之间没有话了，没话吧还想找话，可是怎么找都找不着。

“文娟觉得我变了，觉得我变得越来越陌生，她说她起初认识的那个严守一跑哪儿去了。奶，不光是文娟找不着，连我自己都找不着那个严守一了。

“我希望让每一个认识我的、不认识我的人都能高兴。刚开始有一阵儿吧，我觉得我好像做到了，可是最近越来越觉得我做不到。不认识我的那些人见到我挺高兴，可是我自己亲近的人见到我就越来越烦我。奶，您说原来在您身边那个白石头，他去哪儿了呢？”

严守一之前一直低着头，说到这里，他抬起头来，委屈无助地看着奶奶。

奶奶一直认真地听着没有插话，听到这儿，老人用粗糙但又温暖的手握住孙子的手，轻轻地拍了拍，一字一句地说：“石头，奶不怪你了。奶知道，人这辈子啊，有时候自己的事儿自己说了能算，有时候自己的事儿自己也做不了主啊……”

奶奶意犹未尽，继续握着严守一的手，看着他的眼睛，缓慢但有力地点着头，仿佛在说：“孩子，奶奶知道你已经尽力了，现在太累了，有些事就先让它过去吧。”

这大概是他们一直以来的沟通方式：奶奶听严守一说了一大段心里话，最先说的是“石头，奶不怪你了”。在严守一最软弱的时候，奶奶能够首先包容他、温暖他。这让严守一在奶奶面前感到放松、安全，可以信任和依赖，所以在他最困难的时候总能想到向奶奶求助，愿意和奶奶说心底的话。

奶奶的握手就是拥抱。当没人能听严守一的心里话时，奶奶可以听；当没人能给严守一拥抱的时候，奶奶可以给。

在温和又有力的奶奶身边，严守一得到谅解、获得力量，干瘪萎缩的精神像气球被打了气一样，一点点儿充足起来。

每次放完视频片段，培训教室都非常安静，连小声咳嗽和深呼吸的声音都清晰可辨。因为很多疲惫的年轻人都像严守一一样有心烦无人诉、心乱无人听的时候，他们都需要这样一位奶奶，都需要这样一位年长的倾诉对象。

中老年人需要年轻人

中老年人需要有年轻的朋友吗？当然也需要。电影《我们俩》中房东老太太和租房子的大学生小马，从陌生到摩擦再到相互信任和依赖，渐渐产生了一段特殊的忘年友情。下面是电影中的一个片段。

小马一路跑回家，老太太还在床上躺着，小马风风火火，老太太慢吞吞。

小马："起来，快起来，老太太。"老太太："干什么？"小马："学校发作业了，让我们讲个故事。"老太太："讲什么故事。"小马："说了你也不懂。"老太太："那你讲你的故事，折腾我干什么。"小马："我想拍一个老太太的一天。"老太太："噢。"

小马："来吧，你听我的。"小马上下打量老太太。小马："换件衣服。"小马去衣服箱子替老太太翻衣服。老太太："我这件衣服还是刚换的呢。"

镜头一转，小马在认真地给老太太梳头："好了。"老太太挺满意，问："干什么呀？"小马："嗯……先烤馒头片。"老太太切馒头片，烤馒头片，小马拍完。

小马："好，我们走。"老太太："上哪儿？"小马："去院子，晒太阳。"老太太："我刚晒过了，要午睡。"小马："忍一会儿，锻炼锻炼。快走，快走，快点走。"老太太出来，坐下。老太太打哈欠。小马："打得好。"老太太伸懒腰。小马："演得好。"

然后小马就不知道要拍什么了。小马："还有什么事啊？"老太太："都快入土了，还有什么事。"小马："给孙子打个电话吧，快去。”老太太：“我给我女儿打一个吧。”老太太回屋，拨号。老太太：“我女儿不在。”

小马：“不行，再想想还有什么事。”老太太：“醒了睡，睡醒了，吃饱了，歇会儿再睡。”小马：“不行，还得再想想。”老太太：“吃药。”小马：“吃吧。”老太太：“吃过了。”小马：“假装吃。”老太太：“不会。”

小马：“再想。”老太太：“没什么事了。我闷的时候，就希望来个收破烂的，收水费的，走错门的，敲门进来，可以说说话，要不语言能力都退化了。”

小马咬着嘴唇，想哭。镜头转向小院，院里静静的，没有东西动，也没有一丝声音。

晚上，老太太吃晚饭。

老太太：“今儿菜做得不怎么好吃，都是你在旁边捣乱。”小马：“嘿嘿。好啦，不打扰你啦，走先。”老太太：“不给钱么？”小马：“什么钱？没钱。”老太太：“电视上会播吗？”小马摇摇头。老太太做出生气的样子：“那你折腾我干什么！”

电影中的老太太常常抱怨小马给她添麻烦，也会因为小马掏了老树上的鸟窝而动怒，但老太太喜欢小马，需要小马。

老太太跟小马在一起很随意，很真实，这让她随时可以说心里话。老太太说她闷的时候希望来个收破烂的可以说几句话，这恐怕是她的子女孙辈都未必听过的话。

相互需要，但会错过

年轻人需要中老年人，年轻人需要量身定制的安慰，需要让自己少走弯路的经验，需要包容稳重的智慧。

中老年人需要年轻人，他们需要新空气、新信息、新鲜活力，需要年轻人帮助他们接触社会、适应社会，更为重要的是，中老年人会在这种交流中找到情感的慰藉。

对年轻人来说，年长的朋友可以是奶奶爷爷、姥姥姥爷，也可以是爸妈、岳父岳母、公公婆婆、叔叔舅舅二姑三姨、大哥大姐，或者是老师、老领导，等等。

对中老年人来说，最牵挂的年轻人是子女，但是年轻朋友还可以是外甥侄子、学生徒弟、同事邻居或者有相同爱好的年轻人。

年轻人和中老年人相互需要，而且选择余地也并不小。但为什么这样的交流仍然很少见？

因为相互会错过。

领悟力不足，年轻人错过了中老年人

“小波信箱”，是十几年前姥爷在书架上摆放的一个大信封，是他为我设置的专用“信箱”，信封上写着这四个大字，以我的名字命名。

姥爷每天休息时都看两三份报纸，看到对我有用的文章或是有趣的话题就剪下来，放进去。等到周末我来的时候让我一并带走。

每次我从信箱里取出剪报都会先快速地浏览一下，内容大多是散文评论，涉及文人轶事、科学研究中的故事，往往有关历史或科学话题。在我那时看来，多数文章都无用或老套过时，我根本不需要。我就随口跟他讨论几句，或者干脆用一句“我拿回去细看”应付了事。

有时他说：“你看上周我给你的 ××× 文章里 ××× 说的话多有趣啊。”而我根本没看过那张剪报，只好挠挠头皮、敷衍几句，有时甚至连挠头皮都懒得挠，大大咧咧地说：“我还没细看。”他则会为我开脱：“读研究生，忙。工作，忙。”

有时他说：“我这有篇文章不错，但报纸反面还没看完，等下次你来的时候再拿剪报吧。”我心里满不在乎，大大咧咧地说：“不急，不急。”

有时他会温和地建议：“不耽误你的工作时间，给你这些文章，就是让你看书、做实验累了休息的时候看。”我心想，看这些我也不觉得是休息，嘴上说：“好的好的，我确实很忙。”

类似的对话发生了若干遍。

姥爷有时会说最近比较忙，所以没收集多少文章，而我的感觉却是无所谓，甚至觉得少了麻烦。以至于后来他取消“小波信箱”时我都没有马上发觉，当时他很平静但有点疏远地通知我：“这一阵眼睛不舒服，一直没剪报。你也忙，先停一停。”

取消信箱机制后两年，姥爷去世，那时我才感受到当时的不以为然是多么严重的错误，我内疚、自责：他在取消信箱时会有多失望？而我竟对他的取消都没有给予关注，他会有多伤心？

我希望姥爷并没有太失望。我猜他一定清楚与年轻人的沟通能到什么程度与沟通的机缘有关。

信箱机制持续的那两三年，是我从研究生将要毕业到找工作，再到入职的两三年，那时我正在新工作、新生活中风生水起，朋友满天飞、兴趣汪洋恣肆，根本没有多余的精力来关注他对我的关注。

那时他八十多，我二十多，我们相差整整六十岁。我们之间明显有“代沟”。跨越代沟，需要年轻人具备足够的领悟力、具备踏实的作风，可惜我当时并不具备。

我那时经常与他相遇，但仿佛只是擦肩而过；我像许多年轻人一样，让老人主动伸出的手僵在半空。

姥爷为什么会启动信箱呢？我现在这样理解：之前我曾请他口述回忆录，我来记录，他因为某些原因婉拒了；但他又愿意用另一种方式开启讨论，剪报里有无数我们可以讨论的话题，所以剪报是他向我发出的讨论邀请。

只可惜当时我没有接收到这邀请。年轻人的悟性随着个人体验的积累而增长，中老年人说的话，有些当时就能触动年轻人，有些要先留下，发酵若干年后才会显现出绵柔恒长的力量。

现在，姥爷在“小波信箱”里投下的种子已经发芽，虽然时隔多年。

我也早已不再自责，只是遗憾，遗憾缘分还是浅了。但因为这遗憾，我在与比我更年轻的伙伴沟通时，会平和看待他们的疏失和浮躁。同时，我也倍加珍惜与其他中老年人的沟通，虽然这仍旧不能避免出现新的遗憾。

忽略变化，中老年人错过了年轻人

年轻人会错过中老年人，同样地，有时年轻人在成长，但中老年人没注意到，也白白错过了交流理解的缘分。

当中老年人看到熟悉的年轻人会有什么感觉呢？可能难免有片面、刻板印象，觉得对方还是孩子。

唐朝时四川有位禅师，俗家姓马，法号道一，尊称“马祖道一”。禅师成道后名扬天下，一次有机会回到故乡，亲朋故里知道了都跑来看他。一位浣纱的大妈也好奇地来看禅师，在人群中看到禅师之后，一拍大腿，喊道：“我以为是谁啊，不就是马家小子嘛！”

大妈亲眼见过禅师童年时幼稚懵懂的样子，即便禅师现在悟道了，但是在老人的眼中，禅师仍然是那个跟着大人学走路的不懂事的小孩子。

对这件小事，禅师说：“为道莫还乡，还乡道不成。溪边老婆子，唤我旧时名。”

马祖修行精深，他不是嫌老家的长辈对他不够尊敬，而是为大妈遗憾，遗憾大妈心中有太多禅师小时候的影子，而看不到“马家小子”现在已是有智慧的成年人，大妈也就失去了平等沟通的机缘。

“还乡道不成”，有时人们最难沟通的恰恰是身边人、家里人。因为家人相互联结着的关系太强烈，让我们难以把对方当作“一个独立的人”去看待，近距离生活的鸡毛蒜皮、分毫毕现遮蔽了相互的闪光之处，柴米油盐衣食住行掩盖了各自的心灵成长，让沟通缺失了应有的平等和敬重。

或许就是这样，亲人、故交之间多了这样的缘分，少了那样的缘分。这对中老年人和年轻人是同样的障碍。

世界变化快，中老年人需要新信息

另一方面，现在社会变化太快了。

出生于 1961 年的“中国摇滚教父”崔健有首歌叫《不是我不明白》：“放眼看那座座高楼如同那稻麦，看眼前是人的海洋和交通的堵塞，我左看右看前看后看还是看不过来，这个这个那个那个越看越奇怪……不是我不明白，这世界变化快……”

歌词里说“高楼如同那稻麦”“人的海洋和交通的堵塞”。难以相信这首歌创作于八〇年代末。

其实类似的感慨早就发生过，比如约一千六百年前陶渊明在《归园田居》中感慨：“一世异朝市，此语真不虚。”

“一世”是三十年，诗句大概意思是：三十年，社会就会发生很大变化，这话真是不假。

陶渊明也绝不会是第一个如此感慨的人。古往今来，只有变化是不变的。

在变化面前，年轻人稍不留神也会落伍，但是借助网络等新技术，年轻人比中老年人知道得多、知道得快，所以现在年轻人向中老年人传授生活知识成了常见的现象，这在人类历史中并不多见。

过去，年轻人有事不明白最先想到找老人问。每个村子都有一位最熟悉气象的老人，开春了大家会去问他：“依您老看，今年春天是旱、是涝，大家伙得做些什么准备？”每片街坊都有见多识广的老人，出远门前去问老人：“从咱这儿到省城，怎么走最快最安全？路上有啥要注意的？”

古代社会变化相对缓慢，前十年和后十年的生产方式差别不大，所以老人积累的见识非常宝贵；而且过去信息传播技术落后，口口相传还是重要的方式，老人的记忆就是那时的搜索引擎。

现在不同了。问天气，我们上网去查天气预报；问路，直接用手机导航搜索；遇到不认识的植物，用手机拍照可以立刻得到详细的说明。

记地图、报告天气、背知识，人脑肯定比不过电脑，几十年的知识积累远远比不上网络海量数据，所以老人作为“知识权威”的地位被削弱。

那么，“老人是社会的财富”“家有一老，如有一宝”，这话现在还成立吗？当然成立。中老年人在岁月中沉淀的生活智慧是电脑难以比拟的，也是年轻人所需要的。只不过中老年人要调整对年轻人传授经验的方法，并接受自己也有不明白的事情。

年轻人戒骄戒躁，中老年人放松一点

年轻人和中老年人彼此需要，更要相互珍惜。如果彼此平等相待，就能多些有意义的交流、多些心灵交汇。

一方面，年轻人要戒骄戒躁，要相信中老年人都年轻过。

年轻人还没老过，但中老年人都年轻过。年轻人要相信：外表普通平凡、生活朴素甚至抠门的老人们也曾有顽皮又困窘的童年，也曾站在青春的船头，也曾有飞扬的理想，也曾让爱情轰轰烈烈，也曾遇挫而苦苦思索，也曾奋起而逆流而上。他们所说的话经历了更长时间的凝练，值得回味。

另一方面，中老年人可以放松一点儿，偶尔享受一下当学生的感觉。

有些中老年人经常被“敬”着，这成为对自己的一种束缚，束缚表现为：他们应该给年轻人传授经验，而不该从年轻人那里获得智慧，他们也不能向年轻人“示弱”。

中老年人在很多方面都比年轻人更有经验，但没人能方方面面都经验丰富，所谓“闻道有先后，术业有专攻”“师不必贤于弟子”。有的年轻人具备丰富的专业知识，甚至连体验都并不缺乏，因为“快时代”在某些方面给予年轻人快速积累体验的机会。

电影《我们俩》中的老太太和小马，按年龄她们是祖孙，但又没有祖孙的约束，她们在一起时随意放松，老太太可以从小马那里获得很多。

汪爷爷是我的一位师长，论辈分他是我的“师爷爷”。我与他交流次数不多，但每次交流的内容都难以忘怀。汪爷爷曾对我说：“我愿意和你聊天，总有新东西，很有趣。”我曾对汪爷爷说：“我愿意向您请教，您总用温和的话语传递稳稳的力量。”

中老年人时不时放下“架子”，年轻人也多抽些时间和这些二三十年前的年轻人相互求教、平等交流，或许双方都会有意外收获。

增加沟通的“载体”

小云的公公婆婆在外地，他们平时见面机会少。去年春节去公婆家住的几天，她悄悄翻拍了公公婆婆的部分老照片。今年公公过生日之前，她花了几个晚上，设计了一组幻灯片电子相册。其实这也可以称为一篇图片散文，小云用美好真挚的文字把公公婆婆的这些老照片串联起来，回顾了他们青年时代事业发展的历程、他们养育儿子的印记，讲述了两位老人平凡又不平凡的半生故事。公公生日那天，小云和丈夫没法去陪伴他们过生日，小云把这个幻灯片相册发给了老人。两位老人看了很多遍，在电话里又跟儿子和儿媳妇说了半天话。

这份幻灯片相册就是两代人深入沟通的“载体”。我们可以找到很多这样的“载体”：

家庭纸质相册。一起看照片，就是一起回忆家史、个人成长史。

家庭数码照片库。近几年多数照片都是数码的，虽然存储方便，反而降低了我们与家人共同看老照片的频率。我们可以相互提醒，在电脑或手机上一起看看老照片。有时数码照片比纸质照片更容易丢失，比如被误删除。如果有必要，可以把拍得满意的数码照片冲印出来，现在仍有很多文印店或照相馆可以冲印相片。

阅读。共同阅读可以带来丰富的交流主题。这也是本书第七章的内容。

旅游。共同的旅途是很好的交流机会。旅游是本书第八章的主题。

爱好。关心和了解一下家人的爱好，陪他们一起完成一次活动。如果想和一个人交流，对方的爱好是很棒的交流话题。

家庭运动会。一家人一起到公园或运动场，一起做几个趣味运动项目。

家庭联欢会。在节日之前，每人准备一个小节目，节日那天大家一起表演。

十句话回顾

* 倾诉是向信任的人说心里话。人人都需要倾诉，连孙猴子都需要，但倾诉机会不是随手可得的，很多人有苦说不出。

* 平衡的关系需要你帮我、我帮你，接纳和给予共存；但当双方都足够真诚，把话说开、把情领透，天平的两端都有沉甸甸的心意，那么无论怎样都不会有不平衡。

* 倾听的原则：先听完，再说别的，并且让情感支持贯穿整个过程。

* 倘若没有利于交流的关系和氛围，话讲多少遍、讲多长时间也不能帮助到对方。

* 当家人向我们倾诉时，他多半正外于脆弱无助的状态；别再矜持，别再犹豫，把爱和关心明确地说出来，是他正渴盼的。

* 能够得到家人的倾听是幸福的，无法时时得到倾听也正常；必要时可以找更合适的倾听者倾诉。

* 年轻人需要中老年人，他们需要量身定制的安慰，需要让自己少走弯路的经验，需要包容稳重的智慧。

* 中老年人需要年轻人，他们需要新空气、新信息、新鲜活力，

中老年人会在这种交流中找到情感的慰藉。

* “老人是社会的财富”“家有一老，如有一宝”，这话现在仍然成立。

* 年轻人和中老年人彼此需要，更要相互珍惜；年轻人要戒骄戒躁，要相信中老年人都年轻过；中老年人可以放松一点儿，偶尔享受一下当学生的感觉。

第五章

要想少上当，遇事一起扛

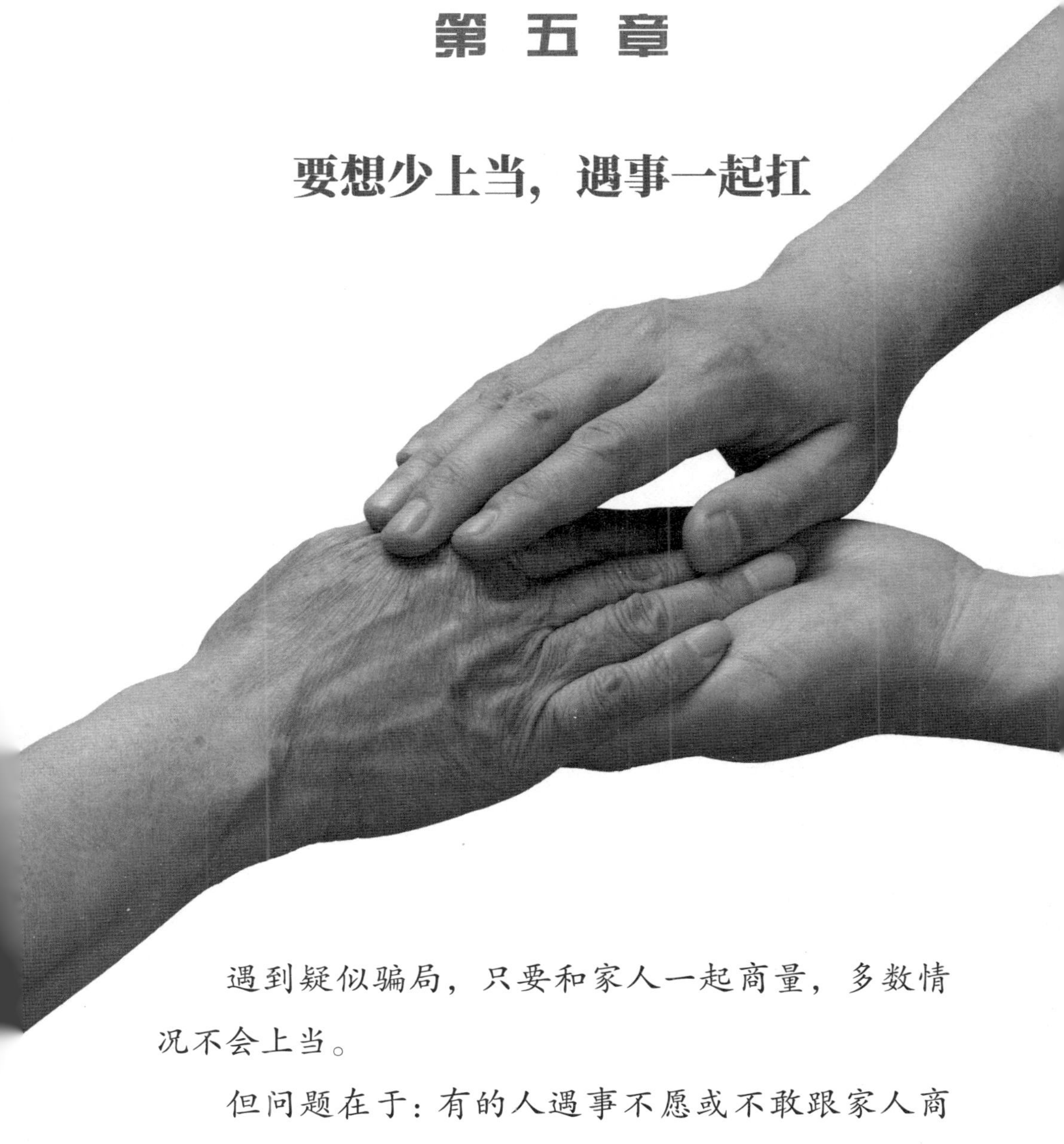

遇到疑似骗局，只要和家人一起商量，多数情况不会上当。

但问题在于：有的人遇事不愿或不敢跟家人商量，甚至宁肯吃哑巴亏、自己想办法“填坑”，也不愿告诉家人。为什么呢？

1　一场“疑似骗局”引发的家庭研讨会

朋友小邹给我讲述过一件关于“疑似骗局”的家事。

一天晚上，小邹岳父兴冲冲地打来电话，说：“我们买了一种新型理疗仪，对身体有全方面的好处，能治疗和预防好几种老年慢性病。每天只需要使用二十分钟，简单方便，还不耽误干家务。一台四千块，已经买了。人家给了很多优惠，光赠品就值一千多。”他岳父开心地表示过几天准备再买至少两台，孝敬老家的爷爷一台，还要送给亲家也就是小邹爸妈一台。

岳父的电话

小邹妻子听着事情奇怪，就把电话外放，与丈夫一起听。他们俩没有兴奋，只有惊讶和疑问。小邹岳父母一向节俭，四千块钱是重大支出。如果是质量合格的保健品，贵点也值得。但从新闻上看到不少销售假冒伪劣保健品的案例，这会是骗局吗？

小邹在简单应和之后便试着询问：“有没有问清楚产品的情况？”

他岳父表示已经了解得很清楚，专营店开了好几个月，他们前一阵经常在那里做免费的检查和试用，觉得效果好才买的。

小邹问：“二叔是医生，他怎么看？”

他岳父有点含糊：“新事物很多，医生也不一定懂所有的新产品。”

小邹妻子更直接地问：“这东西靠谱吗？还能退吗？你先别急着多

买，别被骗了。”

小邹岳父在电话那头可能已经收起了笑容：“这东西很好，我们已经用了两个月，你妈手上关节都比以前舒服。这家公司跟某知名大学也有合作。如果你们不相信，那也没办法。再说吧。”电话里不欢而散。

放下电话，小邹妻子立即上网查询，查到这项产品是经过注册的，而且某知名大学的某二级学院网站确实有该公司相关的新闻，但他们只是稍稍放心，并没有完全打消疑虑。

即便不是纯粹的骗局，产品究竟有没有用、有什么副作用、能不能随便使用，这些还是不清楚。尤其当看到有网友说他们的父母用此仪器不仅没有治疗效果反而有严重副作用时，两人更担心了。

闹市区一家大型商店门前搭建的露天舞台，著名京剧演员马济生正在扮演《铡美案》中的包公。

置身快节奏、纷繁复杂的现代生活，面对不时闯入生活的疑似骗局谜团，中老年人或许会感到眼花缭乱。他们期待自己能像包公那样善于辨别真假、善恶，或者得到包公的帮助。

家庭研讨会

第二天恰好是周六，一早他们便开车回到邻市的娘家，带着突击整理的十几页材料。

尽管路上给岳父母打了电话，但进门时小两口还是看到两位老人惊喜的表情。他岳父一上来就说：“不管怎样，你们为了这事专门跑回来，我和你妈很感动。”

那天他们四个人的讨论像一场“家庭研讨会”。小邹和妻子先看理疗仪，听他岳父母介绍、演示使用方法，然后人手一份材料，他和妻子用半个多小时讲解查到的资料和他们的分析，随后是一个多小时的自由讨论，还电话询问当医生的同学，最后他们四个人达成了多项共识：

第一，宣传中对产品、公司和公司老板的描述有夸大之嫌，但产品是经过注册的合法产品，公司也是合法的公司；该仪器可能没有宣传得那么神奇，但功能是比较明确的。

第二，该仪器对两位老人的体质基本对症，所以两位老人尤其是岳母感觉有效。但它最好由医生处方使用，所以得常与医生沟通，按时复诊，也不可以过度使用。

第三，岳父岳母可以向亲戚朋友推荐自己信任和喜爱的产品，这是对别人的关心，但要让别人自己决定是否购买和使用。

这是一个幸运的故事，故事中的“疑似骗局”并没有对老人产生伤害。

然而针对中老年人的骗局花样迭出，并非每个人每次都能幸运。有些骗局是纯粹的诈骗，比如街头诈骗、手机短信诈骗。还有一类是以看似合法的形式提供货价不符甚至是假冒伪劣的产品和服务。无论哪类骗局都有可能导致受骗者养老钱被骗，造成严重的家庭矛盾以及不可逆转的身体伤害。

相关部门以越来越大的力度打击各种诈骗和非法经营活动，同时也在加大宣传力度，两方面都成效显著。

2 上当受骗，未必因为贪便宜

一位七十多岁的老人来到银行，一边打电话，一边在自动取款机上操作，电话那头似乎有人在遥控老人一步步做汇款操作。

“挡住老人别上当”

银行员工怀疑老人遇到了电信诈骗，赶紧上前劝说，而老人却十分反感。为了阻止老人汇款，银行营业大厅负责人按下终止键取消业务，然后苦劝四十多分钟，老人仍执意汇款。银行员工只好报了警，并锁上了银行大门，以防止老人在警察到来之前离开。

然而警察也没能劝阻老人，老人敷衍着离开警察，仍旧想方设法汇出了四十万元。不出所料，这些钱落入了骗子的账户。

很快，老人觉得不对劲了，自己去派出所报了警。

这个案例来自2014年1月10日中央电视台《焦点访谈》播出的《挡住老人别上当》。有人说：“很难理解这种人，银行都为他关门了，警察都阻止他了，他怎么还不听呢？”有人说：“这个老人不知好歹，不信好人信骗子，谁知道骗子许给他什么好处，他‘贪便宜’‘贪好处’才上当的。这种人就不该管他。”

有人做出这样的推断也很正常，毕竟古今中外很多人上当的原因是“贪便宜”。

纪晓岚堂兄买烤鸭

清代大才子纪晓岚很会讲故事。他在故事集《阅微草堂笔记》中讲过一个他堂兄买便宜烤鸭的故事。

一天他堂兄晚上回家，看到有小贩在街边昏暗的油灯下卖烤鸭。大概因为时间不早了，那人又急着回家，所以卖得不贵，他堂兄乐得买到便宜货。

不过他回家没吃上鸭子，倒是吃了一惊。烤鸭全身只有鸭头、鸭脖子和两个脚掌是真的，而身体竟是由一整副鸭骨头糊泥、糊纸、染色、涂油做成的。他不禁感慨："这真是一只神奇的烤鸭！"

吴思先生在《潜规则》中专门提到这个故事，他感慨古代制造假货"技艺高超"。他说有人觉得古代没有假货，看来是偏见。用鸭骨组装制作一只色、形、重量俱佳的假鸭子，是需要精细功夫的，被识破免不了当场一顿胖揍。连这种高成本、高风险、低收益的骗局都有人肯做，可见那时候生存艰难、生产力低下；同时也可以看到只要有利，骗子就要图，这一点是不变的。

古代的百姓没机会发微博、发朋友圈，所以有数不清的骗局没被记录下来，但记录下来的也已经不少。

在纪晓岚故事集里，还提到"卖假墨""卖假皮靴""租房拆卖木头"等例子。明代张应俞专门编过一本讲骗局的书，名叫《江湖奇闻杜骗新书》。书中某些案例，只要把书信变成手机短信，简直跟现在新闻里的骗局同出一辙，而有的例子表里都没什么变化，比如下面的掉包骗局。

掉包、捡包、调包

江贤是江西人，家境一般，七月收割了早谷之后又去福建给人打工做鞋。到腊月积攒了十几两银子，收拾回家。

一千多里路，得走一二十天。刚上路没多久，江贤捡到路边一个包袱，里面有约莫二三两散碎银子，他喜不自禁，这不是天上掉馅饼嘛。

正准备把包袱收起来，旁边出来一人，说："哈哈，有好处见者有份，你不能独吞。哎呀，你看那边又来人了，你先把包藏到你的箱子里，咱们走到僻静的地方再拿出来分。东西既然是你先捡到的，那么你占三分之二，我拿三分之一。行吧？”

江贤觉得银子先放在自己箱子里，这没什么可担心的。

刚往前走了几十步，后面追过来一个人，边哭边哀求：“我丢了一包银子，总共三两，是到处借钱拼凑准备入殓亲人的。如果您拾到了，求您体谅体谅，还给我吧，您也是积德积福。”

先前来的那个人很是同情，说：“你的钱是这位绱鞋的师傅拾到的，本来要跟我分。既然你也是贫苦人，我宁肯不要了。你拿点好处给他，让他还给你吧。”

看他把话都说到明处了，江贤也没办法，只好开箱让“失主”把捡到的银包拿走。“失主”千恩万谢，并且留下了一钱银子表达谢意。江贤觉得聊胜于无，也挺幸运。

晚上江贤到客栈歇脚，收拾东西时发现自己的钱包里只剩了破铜烂铁，银子一点儿不剩。

回想半天，他才明白自己中了“调包计”：那俩人是一伙的，在他开箱时不仅拿走了作为诱饵的小包银子，还把江贤的十几两工钱也调换了。

不贪也可能上当

的确，上面两则故事里，纪晓岚的堂兄和江贤受骗多少都与“贪便宜”有关。但是，不“贪便宜”也可能上当，前述陷入电信骗局的老人就受了委屈，他应该得到大家的理解。

上节所说的电信诈骗发生半个月后，当地报纸刊登了老人的长信《为啥谁也拦不住我汇款》，说明了受骗的来龙去脉。这个骗局背后的真相是：骗子投入多人冒充公务人员，精心编织老人涉嫌贩毒洗钱的逼真的故事，先恐吓，再利用老人急于洗脱罪名的心理实施诈骗。

不得不承认，这个骗局编织得太细密了。

那天下午 4 点左右，老人在家接到了一个电话，对方说是邮局的，说有他一封挂号信，但给退回了。老人问是哪里的挂号信，电话说是市社保局的一封叫“异常情况通知书”的文件，电话说让老人跟社保局联系一下。

这个电话并没有涉及钱物，而且似乎跟普通的快递电话没多少区别，但平静中潜伏着令人不安的信息，“社保局”和“异常情况”都是怎么回事呢？

随后，“市社保局”打来电话，说的确有一个关于他的文件：某市某区公安局发现他在 10 月 15 日在某市办了一个医保卡，利用这个医保卡购买了许多毒品原料。市社保局发出 018567 号异常情况通知书，内容是立即冻结他的社保卡和医保卡账户，罚款 1.56 万元……

老人说这不是胡扯吗，他与老伴儿、子女常住国外，11 月 23 日才独自回国办事，怎么可能在某市办什么医保卡？电话里说：“如果不是你办的，你可以向该市该区的公安局报警，你可以自己打查号电话查询。”

让老人自己查电话，这是骗子的“高招”。他们用技术手段骗过老人，老人对亲自所做的验证深信不疑，这是进入骗局的第一步。

后续，骗子继续“演戏”。例如，骗子“警官”举例子劝老人遇到这种事就要认倒霉：“一个教授的旅行袋里被毒贩子放了毒品，结果被查出，教授有口难辩，最后还是被判刑坐了好几年牢。”再如，“警官”指出“出路”：“我看你这人是个老实人，不可能参与贩毒，现在要想不被通缉，唯一办法是找检察官请求允许对你进行‘优先清查’。”

逐渐地，老人被骗子“成功地”从对来电的警惕，转移到对所谓违法情况的担心上，老人开始拼尽全力让自己摆脱“犯罪嫌疑”，而这正是骗子的陷阱。

“社保账号”“购买毒品原料”这套“剧本”由诈骗团伙精心编制，多个骗子扮演多个角色，细节详细复杂，表演惟妙惟肖，把老人忽悠得晕头转向。

正如微博用户“江宁公安在线”所说：

诈骗分子非常“勤奋”。诈骗团伙中有专人负责研究骗术的编制，他们紧跟社会热点，针对不同群体量身定制方案，编写诈骗剧本，并对拨打诈骗电话的话务员等人进行培训，对受害人步步设套，令人防不胜防。犯罪分子的作案手段从最初的打电话、发短信，发展到网络电话改号、盗取QQ号和微信号。有的假冒领导、亲戚、朋友，谎称“出车祸”“被绑架”“嫖娼被抓”；有的假冒企业单位，谎称“中奖”“欠费”“邮寄包裹”；有的冒充执法机关，谎称“涉嫌洗钱”“银行卡透支”，以此对受害人进行欺骗、引诱、威胁、恐吓。目前，主要的诈骗手法有“冒充公检法”“猜猜我是谁”“冒充黑社会敲诈”“机票改签”“中奖”“重金求子”“网络购物”等48种诈骗手法，并且还在不断变化中。

有人说但凡骗局就有破绽，头脑清醒、警惕性强的人，就能发现其中的破绽。这可未必。俗话说“说别人易，自己做难”“不识庐山真面目，只缘身在此山中”，新闻里的骗局容易被识破，当自己身处骗局中时，识破骗局的难度会大大增加。

温馨贴士

新型骗局的变化趋势

骗局构思严密，细节丰富，往往运用了新技术，甚至掌握了个人信息。

骗局越来越有心理针对性。针对中老年人的骗局瞄准了中老年人的心理需求，如情感需求、尊重需求，以及健康长寿需求。

当旧骗术因为各方防范而无法得手时，骗术就会“更新换代”。

3　怎样应对“洗脑”

骗子要在很短的时间里把黑说成白，这堪称“洗脑”。他们是怎么“洗脑”的？细致谨慎的中老年人，怎样被打断正常的思路，顺着骗子布好的局走下去？中老年人又该怎样应对“洗脑”呢？

铺垫，提前堵住老人摆脱陷阱的路

骗子把话说到前面，细致“铺垫”，提前堵住老人摆脱陷阱的路。比如，骗子怕老人报警、怕老人信任警察，但骗子如果直接阻止会适得其反。于是，骗子以守为攻，没有阻止老人报警，而是提前给出暗示：他们比派出所警察“高级”得多，普通警察根本接触不到他们的“工作”，所以不需要报警，报警还会误事。这个信念的成功植入，导致老人不仅不报警，而且连真警察的话都不信。

与此类似，怎样让人连医生的话都不听呢？他们“可以”这样说：

“什么都不是自己的，只有健康是自己的。健康是自己的事，谁也管不了！谁也不能干涉！”

“问医生等于白问！现在一些所谓的医生，根本不懂科学、不懂传统文化，他们只知道开刀手术、开一堆西药……我也不好说太多，您自己想想吧……”

揉搓，时而恐吓时而安抚，反复揉搓老人的情绪

骗子通过“陈警官”“赵警官”之口反复恐吓加安慰。

前述骗局中有这样的片段：当老人已经上当，表示要配合骗子进行操作后，威严的“赵警官”态度也开始转变，他安慰老人说：“清查完后如果没有发现你的账户中有毒资，将把你从嫌疑人中去除，这样你就可以按时出国与家人团聚，钱也会全部返还给你，利息损失也会给补上。同时将对毒贩以诬陷罪加重处罚。”但“赵警官”又警告老人必须严格按照他的话去做，否则一定会有严重的法律后果。

骗子先安慰、再警告，揉一下、打一下，细致地控制着老人的情绪起落，也就控制了老人的行动选择。

骗子对老人的揉搓不仅通过言语传递，他们还“精细”地运用语气、语调营造出真实的效果。另一位老人梁叔叔更细致地谈到过类似经历：

“我也接过诈骗电话，其中有一个很特别。电话那头是个男的，说自己是法院工作人员，他是男中音，稳重有力，语气强势，言辞威严，而且他说了一些吓人的专业术语。他说我犯了什么什么罪，我知道这是完全不可能的，这肯定是诈骗电话，我不到一分钟就挂掉了电话。

“但你说奇怪吧，我心里好几天不踏实，到现在都对这个电话印象深刻。难道我心里有鬼？可我跟那个罪名根本都不沾边儿。我觉得是因为他的声音太有模有样了，我们平时很少听到那么威严的声音。”

疲劳战术，让人理性判断能力下降

仅仅几十秒钟，骗子就能让梁叔叔不安几天。新闻中的老人则遭受了骗子疲劳战术的折磨。

人们大都有长时间逛商场的经历，一开始兴致勃勃，仔细挑选，但越到后来越疲惫，筋疲力尽后只想着赶快买完早点回家。找饭店也是这样。如果肚子不饿可以耐心找，找价格、风味、档次都适当的；但如果已经饿得厉害，那就找距离最近、上菜最快的饭店填饱肚子就行。

疲劳时，人的理性判断能力降低，做事的耐心程度下降，所以疲劳战术也成为骗子“洗脑”的常见招数。

在前述案例中，骗子多次让老人连续接听电话几个小时，连续在外面奔波几个小时，老人没喝水、没吃饭，身心俱疲，只能硬扛着招架应付，根本没有怀疑的力气和时间。

催促，“马上就没时间了”

催促也是一种打断别人正常思维、施加心理压力的方法，人在时间压力下容易做出鲁莽的决定。

电信诈骗案例中，骗子常常反复强调：“你如果再不处理，就等着吃官司吧。”他们的语气语调也会变化，一会儿严厉粗暴，一会儿又像是心软了，多了几分语重心长体谅老人的意思。

在街头“捡东西分赃”骗局里，骗子常说：“快快快，赶紧把捡到的东西藏起来，那边来人了，多个人看见多个人分钱！赶快藏起来！”

“马上就没时间了！”人在压力之下会不由自主地顺着套路往下走，这是骗子希望达到的目的。

需要说明的是，这种情境并非都是骗局，生活中确实有时间紧迫的情况。比如医生在手术室外与家属谈话时强调时间紧迫，就是陈述事实。

人从众，“托儿”管用

人都有从众心理，有些时候还挺有用，比如两个包子铺，排队人多的那家多半比人少的味道好。于是，骗子借由这种心理规律，通过找人当“托儿”来提高自己的说服力。

有些“托儿”是无意识的。如果我们有熟人和朋友更早上当，在还没有发现自己上当时，他们往往会在无意中会成为骗子的“托儿”。

人可以当“托儿”，场地也能当“托儿”。

几年前，郝阿姨一次散步时看到有保健产品的促销活动，她放心大胆地买回一千多块钱的“促销高档产品”。

回到家，郝阿姨给老伴儿介绍产品，老伴儿仔细观察后，却认为产品质量并没有郝阿姨说得那么好，而且价格也比同类产品贵。

郝阿姨一贯节约、花钱很谨慎，老伴儿奇怪郝阿姨的“反常”做法，问郝阿姨为什么买。郝阿姨先是一再介绍产品的优点，后来提及这个促销活动是在附近一个熟悉的大院里搞的，这个大院以前是某单位驻地，能进这里的产品肯定没问题。

她老伴儿哭笑不得，说：“那个单位不早就搬走了吗？这个院子跟人家还有什么关系？”老伴儿和郝阿姨商量了半天，最后一起去退掉了产品。

当然，这个产品未必是假冒伪劣，商贩也未必是骗子。但是，郝阿姨信任那个院子，所以才信任出现在院子里的商贩和商品；“场地”是郝阿姨购买产品的重要原因。

技术手段可能成为“帮凶”

在前述电信诈骗案例中，骗子扮演的警官在电话中发出恐吓：“你必须严格保密，不得告诉任何人，否则立即签发通缉令。你现在的一举一动都在我们的监视之下，你的手机、计算机都被监控了。”说完骗子立即让老人把手机朝下放在桌子上，一会儿手机强烈振动闪光和发出声响。老人大惊，更相信对方有强大的能力。“警官”还要了老人的QQ号，传过来两份“通缉令”和“传票”文件，上面有老人的个人信息等内容，盖着红色印章。

这两件事没有任何证明的作用。手机振动或响铃不能说明什么；从技术角度说，电脑里的图片可以凭空制作，也可以在真实照片基础上修改拼接，而视频片段也可以后期编辑加工。

另外，在这个案例中，老人最终使用个人电脑上的网络银行转账。尽管老人对骗子已经深信不疑，但骗子仍然为了确保“万无一失”，要求老人安装一个他发过来的软件，这个软件帮骗子通过网络远程监控老人的计算机操作。

个人电脑被骗子监控会造成损失，智能手机也是同样。智能手机就是小计算机，能花钱、能转账。重要的是，网络消费常常使用短信作为验证方式，如果骗子得到或监控我们的手机，一定程度上等同于得到了我们的身份。

温馨贴士

使用计算机和手机要有技术防线

不贸然安装身份不明的陌生人提供的软件，尤其在开通了网上银行和手机银行业务之后。

不贸然打开陌生短信中的链接。

不贸然扫描陌生人提供的二维码。因为扫描二维码不仅仅可能是添加好友，还可能是其他操作。

以上三条，由确知身份的工作人员提供的除外。

个人电脑和手机都要安装杀毒和防火墙软件。现在多数智能手机都自带了安全软件，一般不用再自行安装。

手机丢失后，尽快补办原号码的新卡；补办后，旧卡将自动作废，旧手机也就没法继续接收到属于原机主的电话和短信。

自己是不是容易被“洗脑”

骗子不指望也不需要骗所有人，只骗容易上当的那部分人。有的人：容易轻信别人，又固执不听劝，就容易上当。

“轻信”和“固执”，能出现在同一个人身上吗？能。

比如，特别好面子的人可能会这样。只要别人给足面子，他们就容易放松警惕而轻信。一旦信了一件事，又轻易不会改变，因为改变等于说自己以前有错；要是被别人当众指出被骗，没准儿他们宁肯吃哑巴亏也要把面子维护到底。

骗子不指望每次都能骗成，只要在人处于容易上当的状态时能够骗成就行。

人在什么状态下容易被骗呢？

独居，遇事没有亲近的人可以商量；

与子女和亲戚朋友关系不好、沟通不畅；

心情不好、自我封闭，遇事不愿意与亲戚朋友交流；

近期遭受了较强烈的刺激，情绪波动比较大；

某些需求严重不满足，急于实现某些愿望。

“好贪便宜”会让人容易上当吃亏，但上面这些原因更容易让人上大当、吃大亏。

如果有人觉得自己的性格容易被骗，或者处于容易被骗的状态时，要想着下面的温馨提示，只要不“一根筋”地顺着骗子的思路走，多数人都能够很快走出骗局。

温馨贴士

独自遇到疑似骗局时怎么办？

离开骗局的环境，缓一缓就会大大减少上当的可能。

到权威地点，找身份明确的专业人员咨询和处理。

与家人朋友讨论一下再做决定。

4 做好“三手准备”，减少“间接伤害”

前述电信诈骗案例中的老人事后说：“骗子‘赵警官’不准我告诉任何人，我也不想告诉任何人。但是，我家里如果再有一个人，相信一定不会发生这次的事情。”不过，在某些情况下，受骗者身边即便有人，也未必能有效沟通，未必能一起扛起事来。

“间接伤害”

刘阿姨向老伴儿说自己想买一件保健用品，三千块。她说自己不是一时冲动，已经关注了一个月了，她还列举了几条翻来覆去想过的购买理由，比如养生重在预防，比如以他们的经济条件也完全可以购买，重点是这个保健品对自己很有益处。

她老伴儿没说话，但脸色越来越不好看。老伴儿越是不说话，刘阿姨越不自在，不由自主地找话说，直到她老伴儿突然冒出一句：“你什么时候也这么敢花钱了？”然后就是一连串指责，有些话很不好听。

刘阿姨不再辩驳，心里暗暗懊恼：“明明知道一说就是这个结果，怎么还跟他说。唉！只怪自己太不争气。就不该提前跟他说，以后我就先买了再说，他愿唠叨就唠叨去！”

蒋叔叔也遇到过类似的事情。

蒋叔叔在银行办业务排队等候时，扫了某份传单上的一个二维码，回到家一说这事就被老伴儿和儿子指责一顿：“怎么能随便扫二维码呢？可能把个人信息泄露给骗子了啊，以后不知不觉就会把钱转出去的，你知道吗？这么大年纪了，还这么冒失！”

蒋叔叔也说不清扫码之后的操作，只好可怜巴巴地坐在沙发上一言不发，心里非常自责。晚饭没吃好，觉也没睡好。

第二天儿子电话指挥蒋叔叔去银行再次确认，最终确认那个二维码是银行的合作服务，没有什么安全问题。知道了结果，儿子并没有向父亲道歉的意思，在电话里严肃地对父亲说：“这次没被骗，不代表下次也没事，以后少干这些事。”

蒋叔叔觉得老伴儿和儿子说的是对的，但感觉自己心里冷冷的，突然有点孤单。

刘阿姨和蒋叔叔或许需要提高警惕，但并不需要被严厉指责；他们没有真的上当，但可能真的受到伤害。

如果说受骗者从骗局中遭受的财产损失是“直接伤害”，那么受骗之后家人的反应给他们心理和身体带来的负面影响，可以称为“间接伤害”。

即便骗局本身没有造成任何直接伤害，仍然可能造成“间接伤害”。例如刘阿姨和蒋叔叔的家人好像把自己当成正确的化身，别人有一点疏漏就激烈指责，而缺少体谅。刘阿姨和蒋叔叔感到家人不仅没有和自己站在一起面对问题，反而在彼此之间垒起一堵墙。受骗者如同受到家人和骗子的两面夹击。

“间接伤害”的后果可能会超过受骗本身，“间接伤害”可能使受害者怕家人多于怕骗子。这表现为：遇事不敢跟家人商量，或者赌气不商量。当然，这会让人更容易受骗；如果再次受骗，他们宁肯吃哑巴亏或者自己想办法填坑，也不愿告诉家人。

如果换成孩子的角度或许更容易理解这个道理：有的孩子闯了祸，怕告诉父母后挨骂挨揍，就选择撒谎，或者自以为是地去遮掩。

“三手准备”应对“间接伤害”

如何才能减少骗局所造成的“间接伤害”呢？应从如下三方面入手。

了解受骗者的心理创伤反应

以购买了高价劣质产品的中老年人为例，有的中老年人难得为自己花钱，他们刚刚从营销人员那里得到些许消费的信心，但是紧接着就受到劣质产品的打击，就像压抑了多年的大姑娘终于鼓起勇气追求爱情，却遇到了感情骗子，受骗者会很受伤。

部分受骗者会产生心理创伤反应，心理创伤反应可能包括以下一种或几种。

精力难以集中。不断向家人复述被骗过程，或者自己在头脑中不断重复闪现被骗过程，记忆力减退，做噩梦。

不知所措，或者从一个极端到另一个极端。例如，从缺乏警惕转为紧张多疑，不信任任何人，过度担心家人的安全，等等。

说出一些奇谈怪论。有的受骗者咬定骗子给自己下了迷魂药，用手绢在自己面前晃晃，自己就迷糊了。奇异的麻醉手段并不全都能在公安机关调查中得到验证，其中有一些是受骗者在压力下根据之前道听途说的内容加工而成的想象。受骗者重复这样说，说的遍数多了，自己也坚信不疑。

自责，攻击自己，自我否定。受骗者责备自己，悔恨不已，觉得都是自己的错误才造成现在这么“严重”的后果。他们感受到强烈的挫败感，他们不禁感慨自己的选择是如此愚蠢，自己的所谓勇气是如此荒唐，自己对社会的认识如此幼稚。他们否定自己，说：“我真的老糊涂了。”他们怨恨自己，不吃饭，不睡觉，酗酒，甚至自伤。

失望，愤怒。受骗者难以相信那些嘴甜腿勤的小姑娘、小伙子竟然只为销售提成就满嘴胡说，贩卖劣质的产品，而且自己还曾经对他们投入了那么多真实情感。

抑郁，烦躁，麻木。有些人会情绪低落甚至抑郁，还有些人伴随着烦躁、喜怒无常，或者情绪麻木。

攻击家人。有的中老年人的负面情绪过于强烈，自己承受不住，于是转为攻击家人，但这也会让家人更加愤怒：“你上当了，让家庭财物受损失，怎么你还有理了，还敢发脾气？”结果导致家庭关系更加紧张。

了解以上创伤反应，受骗者家人可以更理性地去看待受骗者的某些“奇怪”的表现。

当然，每个可以为自己负责的成年人都要去面对自己行为的后果，承担相应的责任。但在家庭生活中，受骗后处理的顺序很重要。

第一步，受骗者需要获得安抚和支持，以保证身心健康。对于中老年人而言，这一点尤其重要。

第二步，待到身心复原，再来理性地面对问题，包括总结经验教训。

如果缺少第一步直奔第二步，可能让受骗者更受伤。

温馨贴士

受骗者和家人怎样处理受骗后的心理问题

在受骗后的初始阶段，受骗者的家人需要做的是：

1. 多陪伴，尽量保证受骗者的正常进食和睡眠，多安排有益身心的活动；

2. 多倾听，鼓励和引导受骗者充分表达自己的感受，听者不要急于给予指导和意见；

3. 不回避问题，但通过客观分析，让受骗者了解到受骗有时难以避免，而且造成的损失并非绝对无法接受。

如果出现以下情况，家人需要提供更有力的支持：

1. 如果受骗者出现持续的身体不适和精神状况不稳定，比如精神亢奋、血压升高、惊悸失眠、焦虑抑郁、意识模糊、难以沟通、酗酒、自伤、暴力行为等症状，或者受骗者曾经有过严重创伤经历和其他精神疾病，应及时就医；

2. 如果受骗者对骗局认识不足，存在继续被骗的风险，而且难以自行转变或被家人说服，家人可以向警察、社区工作者和有专业胜任能力的心理咨询师求助。

受骗者有心理压力，受骗者家人也有压力，他们有权生气和抱怨，毕竟他们是间接的受害者。如果他们的压力过大，也要采用积极有效的方式维护自己的心理健康。

受骗者和家人也需要维护自身合法权益。这是法律问题，请参考相关法律书籍或咨询专业人士。

接纳家人偶尔的消费冲动，只要守住安全底线

减少“间接伤害”的第二个要点是要尊重家人，接纳家人偶尔的消费冲动，只要大家一起守住安全底线。

很多人偶尔都有“乱花钱”的冲动，人们也有在经济能力之内“乱花钱”的权利；只不过不同性格、不同爱好、不同年龄的人有不同的消费观，也就有不同的“乱花钱”的领域。

孙阿姨说她儿媳妇一年四季不知道买多少衣服，还都不便宜。她儿子花两三万买单反相机，还经常说要再买个新镜头。

孙阿姨问他儿子：“你那么贵的相机一年用过几次？那件风衣，我一点儿都看不上，还三千多，你媳妇总共穿过几回？”她儿子说：“咱们这儿春秋天短，薄款风衣穿不着嘛，又不是她不想穿。再说了，你管那么多干什么……”

但是孙阿姨买点自己喜欢的东西，她儿子有时会说：“你们不懂别乱买，你们买得又不好又贵！”有时或许确实是这样，但孙阿姨心里不痛快。

其实，无论是年轻子女对中老年父母，还是中老年人对配偶、对子女，当我们试图干涉家人、以阻止对方“乱花钱”或进入疑似骗局时，我们都需要清楚：

我们干涉的不是他们对自己的关心，干涉的也不是他们的行动自由，我们干涉的只是消费过程中可能造成的对他们自己和家庭的伤害，包括对人身安全、身体健康、心理健康、家庭财务安全等方面的伤害。

我们不宜简单粗暴地阻止家人的愿望，而是要表达理解，如果我们掌握更多信息，可以为他们提供建议和参考信息。我们可以明确地对他说：“我支持你，只是我们要一起守住安全底线。”

温馨贴士

消费，守住安全底线

无论是中老年人还是年轻人，在我们做重要消费决定前都要对消费项目充分了解，可以多与家人商量，多渠道了解信息，同家人一起确保：

1. 消费项目不会损害身体健康。

2. 不接受没有医疗资质的人员的医疗服务，身体不适要到正规医院就医。

3. 消费途径合法合规，所购买产品合法合规。

4. 消费金额在保障日常生活和养老的安全范围之内。

5. 价格基本合理，不至于事后因为花了太多“冤枉钱”而情绪严重波动。

6. 可以向亲戚朋友推荐自己所购买的产品，但不替别人做消费决定。

理解受骗者的心理需求

减少“间接伤害”的第三个要点是理解受骗者的心理需求。

彭阿姨老两口和儿子在同一个城市生活，但儿子和媳妇一两周才回一趟家，彭阿姨想跟儿子说说话，儿子也不耐烦，儿媳妇倒还能客客气气地聊几句家常。

小区里有几位中老年人经常去参加一些“健康讲座”，彭阿姨也跟着去了几次。

一组讲座通常连续几天，每天都要准时去，不然就没有礼物。彭阿姨喜欢这种约束，因为她感觉像是回到上班的时代。

彭阿姨坚持不迟到、不早退，每次都能领到礼品，大多是鸡蛋、米、面、油、小生活用品之类，东西不大但有用呀，彭阿姨挺有成就感。

彭阿姨在会场遇到很多同龄的老伙伴儿，还有些年轻的工作人员，无论老幼、认识不认识，所有人对自己都很热情，见面都会笑呵呵地打招呼。

老师讲的内容虽然有些是推销产品，但也有养生常识和传统文化，中老年人喜欢听这些。彭阿姨觉得老师虽然年纪不大，但很有文化，而且他能理解中老年人。彭阿姨想，如果自己儿子能这样就好了。

每次讲座都有人积极发言，彭阿姨第一次发言前在心里准备了好一阵子，当她说完，大家都热烈鼓掌，老师也马上夸奖了彭阿姨，当众跟彭阿姨聊了几句。彭阿姨激动得脸发烧、眼泪都快流下来了，她觉得能说话真好，被倾听的感觉真好。

会场气氛热烈，彭阿姨想起以前单位的联欢会和四合院里夏天傍晚的大聚会。

养生讲座、座谈会本身都是美好的交流形式，都能够满足中老年人的心理需求。社区、老年大学、老年团体等组织也在为中老年人提供这些活动。

任何一种交流形式本身都不代表骗局，一个活动是不是骗局，取决于组织者用这种形式做什么。如果是合法合规地销售合格产品，这没问题。问题在于有人利用这些美好的形式推销假冒伪劣、违法违规的东西。

即便遇到骗局，多数中老年人都有足够的鉴别能力去识别，但少数中老年人做不到。他们平时太缺乏家人的理解，太缺乏朋友间的真诚交流，以至于他们一旦听到“体贴”自己的话，获得“深情”的表达就变得盲目起来，所以他们容易轻信别人。他们可能受到伤害，因为没有人愿意付出高昂的代价去获得短暂虚假的温暖，有欺骗性的交易终归不会满足中老年人的需求。

温馨贴士

需求不满时的适当做法

人有需求不满足，就会不舒服甚至痛苦。当人有需求得不到满足又特别急迫时，可能出现两种反差极大的表现：

1. 过度压抑。有的人看不到健康合理满足需求的方式，只好压抑需求。人都会压抑自己的部分需求，这是正常的；但长期、过度的压抑可能产生其他心理问题，也让生活少了乐趣。

2. “饥不择食”。有的人在常规范围内找不到满足需求的方式，于是探求其他可以短期有效而有长期风险的满足方式，就像错把兴奋剂当补药。

面对需求，适当的做法是：

1. 用安全健康的方式去满足需求，不用高风险的方式满足需求。

2. 对暂时无法满足的需求，可以转换或化解。比如有的独居老人把情感需求转化为积极参与社区活动、积极助人等。

3. 有些需求，比如健康长寿的需求，只能部分地满足而无法绝对满足，就只能转换化解，最终通过心理建设来处理。

家人怎样处理受骗者的需求？

1. 引导受骗者说出感受。表达自己的感受，表达对受骗者的支持。

2. 待受骗者心态平静之后，试着说明两个问题：自己受骗时的做法是为了获得什么，也就是自己的需求是什么。现在希望怎样去满足这个需求。

3. 和受骗者一起商量能够满足需求的合适的方法。

更重要的是，请多给爱人、家人一点关心和包容；请大方、大胆一些，多说几句甜言蜜语，多几次真情流露。总之，请珍惜机会，不要把这些本应属于自己的美好都拱手留给“外人”。

一个幸福的故事

本章开头“家庭研讨会”的故事还有个结尾。

在整个“家庭研讨会”中，小邹的岳父母没有像想象的那样发脾气，甚至还有点儿高兴。那以后，当两代人再讨论其他事情，岳父母也比以往更耐心、更温和。

小邹说，后来他感受到，在这件事上，岳父母对他们的理解和成全多于他们对岳父母的。有一次吃饭喝酒，小邹跟岳父母提到这一感受，当时他岳父很可爱地笑了笑。

不过，这件事并没有完美解决。他说岳父母似乎没有做到及时去医院复查。上次他问及相关情况，岳父母的回答有些含糊，这让小邹有些隐忧。但他们也不能对老人“逼”得太紧、“管”得太严，所以他们暂时只关注，准备过一阵子再举行一次“家庭研讨会”。

这已经是一个幸福的故事。

幸福之一，在“疑似骗局”面前，两代人都没有粗暴指责和干涉对方，而是相互尊重地坐在一起商量。

幸福之二，双方都能关注到对方的心理需求：子女积极牵头召开的“家庭研讨会”满足了父母被关心、被尊重的心理需求，也为父母提供充分的信息，使老人能更有理性、更有力量地面对“疑似骗局”；父母愿意和子女一起商量，这也是对子女的尊重，对子女负责任的行为的肯定和鼓励。

幸福之三，双方都敏锐地感受到了对方对自己的“好”，并且表达了出来：子女意识到了父母对自己的理解和成全，对父母的“大爱”更有体会；而父母对子女的感谢、感动、微笑和耐心让子女的心离他们更近。

总之，一家人在一起，遇事一起扛，这样才能少上当。

十句话回顾

* 古代连假烤鸭这种高成本、高风险、低收益的骗局都有人肯做，可见那时候生存艰难、生产力低下；同时，也可以看到只要有利，骗子就要图，这一点是亘古不变的。

* 不贪便宜也可能上当，因为新型骗局构思严密、细节丰富，往往运用新技术，甚至掌握个人信息，而且瞄准了受骗者的心理需求。

* 遇到疑似骗局时要尽快离开骗局的环境，去权威地点向警察等权威人员咨询，不要“一根筋”地顺着骗子的思路走。

* 骗子不指望每次都能骗成，只要在人处于容易上当的状态时能够骗成就行。

* 有的受骗者家人没有和受骗者站在一起面对问题，反而在彼此之间垒起一堵墙，受骗者如同受到家人和骗子的两面夹击。

* 怎样减少对受骗者的“间接伤害”呢？第一，理解受骗者的心理创伤反应；第二，尊重受骗者的合理行为；第三，理解受骗者的心理需求。

* 每个可以为自己负责的成年人都要去面对自己行为的后果，并承担相应的责任，但在家庭生活中，这里的顺序很重要：受

骗者首先需要获得安抚和支持，以保证身心健康。

* 消费，守住健康和安全底线。

* 有的中老年人渴望美好，以至于轻信于人，付出高昂的代价获得短暂的温暖。

* 请多给爱人、家人一点关心和包容，多说几句“甜言蜜语”，多几次真情流露，请珍惜机会，不要把这些本应属于自己的美好都拱手留给“外人”。

第六章

怎样让时间过得慢一点儿

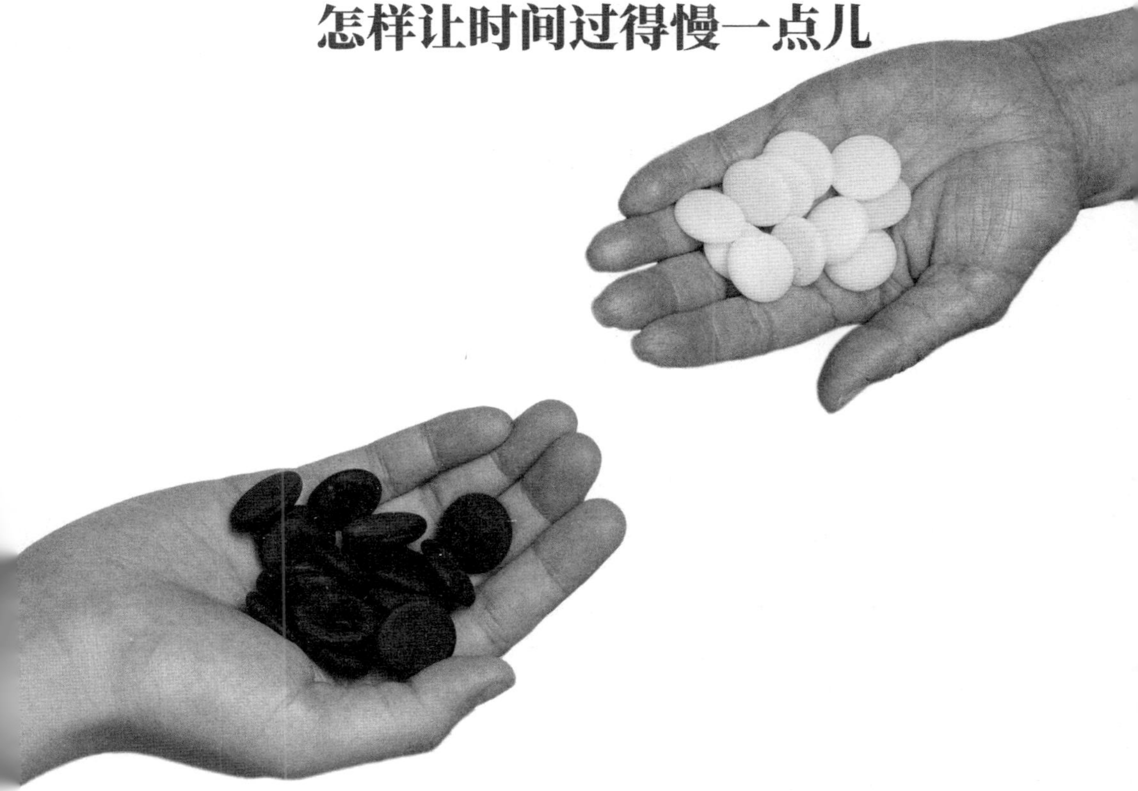

中老年人珍惜时间，希望时间慢一点儿，越是这样越觉得时间像野驴一样疯跑，拉也拉不住。

有些时间几乎没留下什么痕迹，就像凭空消失了，所以人们会问："时间都去哪儿了？"

1 “您想用好时间”

“一天到晚也不知道忙了些什么，买了趟菜，做了两顿饭，一天就过完了。”

“吃完一顿饭，收拾收拾，歇会儿，一会儿就该做另一顿饭了。”

……

时间越过越快

中老年人普遍感觉时间越过越快，他们有很多感慨。

“一个夏天刺溜刺溜的，天说凉就凉了。”

“过了国庆节就快年底了，过一阵儿又要准备过年了。”

“前两天从柜子里收拾出一盒糖，这还是去年过年的时候买的，当时超市搞活动。你说快吧……”

“现在的春晚越来越热闹……原来那几位主持人也见老了啊，那个谁今年不上春晚了啊？又添了好几个年轻的……”

“过完正月十五，年就彻底过完啦。”

还有人提到他们那个时代的经典歌曲：“马儿啊，你慢些走喂，慢些走哎……”感慨道：“我也想说：‘时间啊，你慢些走喂，慢些走哎，我要把这迷人的景色看个够……’”

中老年人希望时间慢一点儿，但小朋友们常常觉得时间慢，希望时间快一点儿。其实，中老年人在小时候可能也都曾掰着手指头计算离年三十还有多少天，一遍遍念叨“怎么还不过年，我想放鞭炮，我想吃饺子”，也曾一次次比量身高，跟妈妈说“我想快点儿长大”。

时间是一样的，但人对时间的感觉不一样。我小学五年级就获得了这条经验，它来自一套磁带锚定的时间。

关于时间的对话

那套磁带一共有八盘，是我给爷爷买的《侯宝林相声选》。

爷爷喜欢相声，尤其喜欢侯宝林先生的作品。他平时按时按点地收听广播电台的相声节目，但有时会错过，而且得碰运气才能赶上侯大师的节目。我跟爷爷说书店有磁带卖，他问了一下价格，虽然犹豫了一阵儿，但还是决定出钱让我去买。

磁带买回来，我和爷爷换着听，我优先选。八盘磁带，对我来说似乎永远听不完。我大大咧咧地挑拣着听，因为不懂戏曲，遇到学戏的段子就呼呼地快进，饶是如此，听了五六盘之后新鲜劲儿就过去了。

一次闲聊时我又想起磁带，便有了下面几句记忆犹新的对话。

我问爷爷：“相声磁带好吗？”

爷爷笑盈盈地说：“很好，侯宝林真有意思。”

我又问：“都听完了吗？”

爷爷说：“马上听完第二遍了。”

我自以为是地说大人话：“别一天听太多盘，细水长流。”

爷爷略微收了收笑容，仔细地跟我说道：“我不多听。我一般两天听一次，有时三天听一次。上午不听，下午才听。我一次只听一面，也就是不到半小时。”

我愣住了，十一岁的脑子里搅和着两种矛盾的关于时间的感觉：一边是八盘磁带，已经听两遍了，爷爷听得好快；另一边是两天听一次、一次只听一面，爷爷听得好慢。

买回磁带究竟有多长时间了？两天听一次，一次听一面，那么四天听一盘；一共八盘，现在快听完第二遍了，就是大约六十天。

哦，从我买回磁带到对话的此刻，就是“六十天的时间”。我仿佛看到一条浮在空中的起伏弯曲的小路，上有许多路标，每个路标都是一盘磁带，上面写着“第一盘 A 面”“第一盘 B 面”“第二盘 A 面”“第二盘 B 面”……这就是爷爷的六十天呀。

那我的六十天呢，我的时光小路上有什么？语文、数学、体育、劳动……写作业、课程测验、同学玩闹、课外书……我确定我的小路跟爷爷的不一样，我的有大大小小、色彩各异的路标。

我的六十天那么杂乱，而爷爷的六十天那么有规律，那么简单。

那时，我有点儿羡慕爷爷，我希望我的时间也能简单一点儿，过得快一点儿。

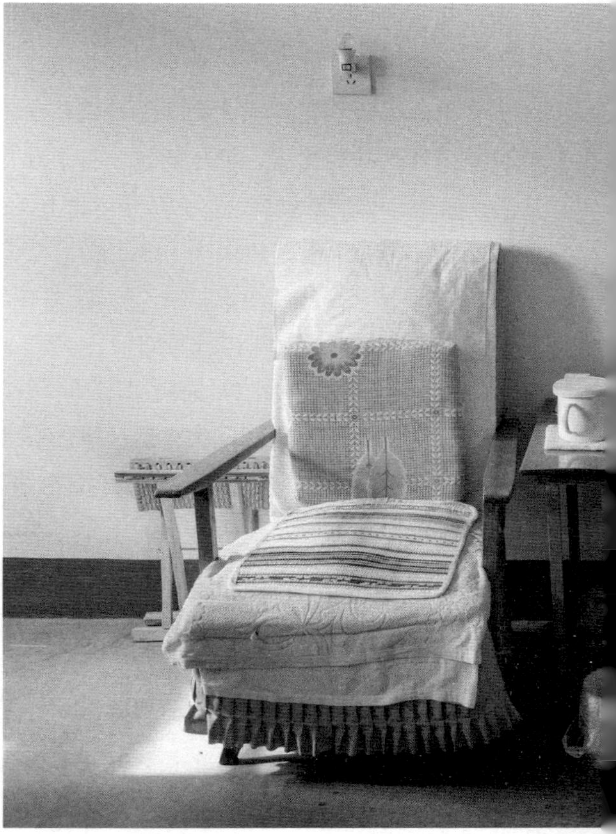

摄影师宁舟浩岳父岳母家客厅中央的一对沙发，是当年舅舅亲手为他们打制的。一晃二三十年，他们一直不舍得丢掉换新的。

我现在知道：孩童觉得时间是无限的，盼着日子往前走；中老年人珍惜时间，希望时间慢一点儿，越是这样越觉得时间像野驴一样疯跑，拉也拉不住。

“理解万岁”

如果记忆没出错的话，我当时在这时光小路上还感受到其他东西。

“听磁带不是大事，但爷爷却赋予了它这么强的规律，用心地延长和拉伸一项小小的乐趣，这是为什么……”我思索着，也许是联想到某部小说或电视剧的台词，也许是发自萌芽中的少年情感，大脑里接通了

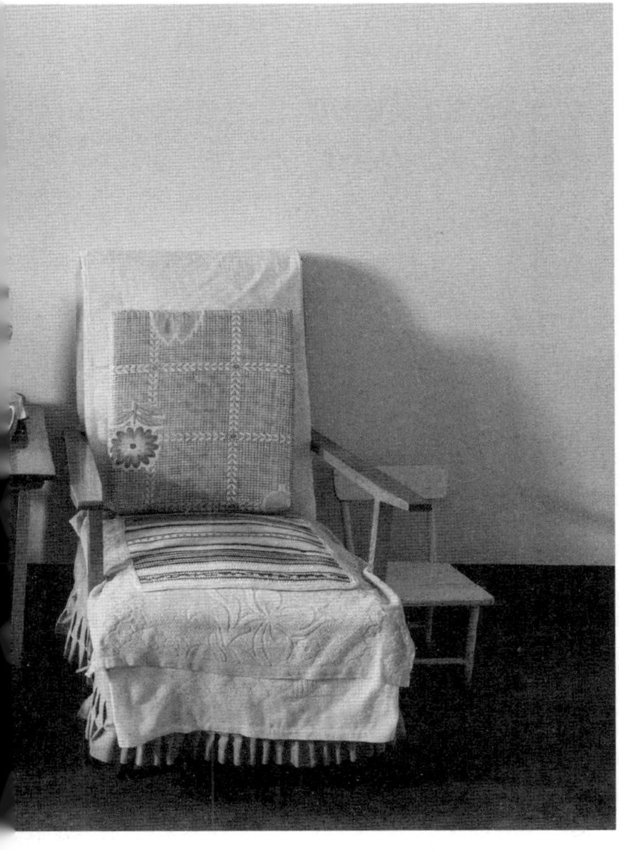

它们与作者记忆中爷爷家那组老式沙发的样子相仿，让作者想起三十年前那一刻的“理解”。很多人记忆里也有类似的沙发。

某根线，我沉了一会儿突然说：“无聊最难受了，您想用好时间。”

这次换成爷爷惊讶了，他歪头瞪大了眼睛看着我，稍作停顿，他点着头清晰有力地对我说：“理解万岁！”

我感觉爷爷的话语、语气和表情都有点儿郑重，不像是老人在跟小孩儿说话。老人对小孩儿的话不会那么认真吧？这是夸奖，还是感谢？我胡说八道吓到爷爷了？我有点儿迷糊。

关于时间的对话到此为止。

那一刻的“理解”真的“万岁”，它在我的记忆中一直清晰：两个单人沙发上，中间一个茶几，我坐在右边那个沙发上，爷爷在左边的沙发上，他扭着头看着我。

现在的我懂得：时间流逝的加速感以及伴生的困惑是比喜怒哀惧等一般情绪更难以表达、难以理解的感受，也与中老年人的健康长寿需求、情感需求和尊重需求相关。

调养身体，需要了解自己的体质；调养心理，需要理解自己的感受。梳理复杂的感受，虽然人们可能不会有快速而巨大的变化，但有助于找到满足自己心理需求的路径。

2　为什么时间越过越快

日本老人大川美佐绪出生于1898年，2013年被吉尼斯世界纪录机构认定为当时全球最长寿老人。她于2015年3月5日迎来117岁生日。她所在区的区长小仓健宏探望大川美佐绪时，问她觉得117年是长还是短，她回答说“很短”。

最长寿的人，觉得 117 年很短

将近一百二十岁的老人也觉得时间短，可见人们对时间的需要无止境，可见时间过得快。

古人早有类似表达。南宋诗人陆游说：“老来日月速，去若弦上箭。方看出土牛，已复送巢燕。”

诗文大意是：老了以后日子过得飞快，时间跑得像离弦之箭。刚刚在立春的活动中看过鞭打土牛，就到秋天又要送燕子南归了。

时间越过越快，这个感受也能得到年轻人的共鸣。我与大学生讨论时间，三分之二以上的人表示明显感觉到时间在加速，有学生说：“小学六年过了好久好久，怎么也过不完，初中三年就是三年，高中三年紧紧张张地过完了，感觉像一年，大学这几个学期似乎更快啦！”

年轻人甚至早早地就体会到了时间加速带来的恐惧，有学生说：“不细想没事儿，一细想觉得好吓人！”他接着问道：“时间会继续这样加速吗？这是为什么？能不能慢一点儿？”

钟表时间和心理时间

要想回答这些问题，得先从“钟表时间”和“心理时间”谈起。

现在是晚上 19 点 59 分，人们知道秒针再动 60 下就是 20 点；广场舞晚上 19 点 30 分开始，如果 19 点 45 分到场，会错过第一段舞曲；2019 年的新年钟声敲响，时间便永远不会再回到 2018 年。

以上描述的是钟表时间，就是客观存在的时间，它是一个物理量，用钟表和日历衡量，不可改变，可以计算，每个人都要遵循它的规律。

心理时间是人自己感受到的时间，心理时间常常与钟表时间不一致。

心理时间会受到心理状态的影响。古人说“欢娱嫌夜短”，现代人说“快乐的时光总是短暂的”，这都在说令人愉快的时间过得快；古人说“寂寞恨更长”，现代人说“痛苦的日子特别难熬”，这都是说令人不舒服的时间过得慢。

伟杰是个调皮的四年级小学生，王老师已经连续批评他三分钟了，这三分钟对王老师来说与平时差别不大。但对小伟杰来说每一分钟都比玩耍时的十分钟还长。

王叔叔在医院接受核磁共振检查，同样的十几分钟，对于处在人生关口的他来说是如此漫长，他不知道接下来等结果的几个小时要怎么熬。而对医生来说这只是每天工作中一段普通的时间。

一支舞曲后，熟练的舞者笑着说“这么快就完啦”。笨拙的舞者笑着说“后半段我一拍一拍数着过来的，曲子太长了，我都快坚持不住啦”。

心理预期也会影响心理时间。当我们希望时间快点儿过去时，心理时间反而会变长、变慢；当我们希望时间慢点儿走的时候，时间会更快地跑。我们的愿望越强烈，变形的效果越强烈。换句话说，欢娱嫌夜短，越嫌短就越短；寂寞恨更长，越恨长就越长。

摄影师宁舟浩的岳父母搬进新家，卧室里必不可少地挂一只钟表、插一束绢花。

多希望娇艳的花朵可以得永生，而时间的脚步慢点儿再慢点儿……

影响心理时间的还有生理状态。有些人因为疾病对时间的体验与常人不同。

时间越过越快的四种解释

钟表时间不会变快，也不会变慢，只是心理时间在变化。那为什么随着年龄增长，多数人感觉心理时间在加快呢?

美国神经科学博士、科普作家乔丹·刘易斯通俗地总结了几种常见解释。

第一种解释：人们用已经经历的时间当参照物，去对比当下的时间；年龄越大，经历的时间越多，当下时间就显得越短。

对于五岁的小朋友，一年是人生中的百分之二十；对于五十岁的中老年人而言，一年只是人生中的百分之二。一年对于五十岁人的分量比对于五岁孩子的分量小得多，所以孩子觉得一年长，中老年人觉得一年短。

第二种解释：人的生物钟会随着年龄增长而变慢。当自己的生物钟变慢，就会感觉外部世界的时间变快。

第三种解释：人们越感觉自己忙碌，就越觉得时间过得快。中老年人虽然大多不忙于工作，但生活中例行的琐事多，而且中老年人精力衰退，效率下降，所以也常觉得忙乱，因而觉得时间过得快。

第四种解释：人们会不自觉地通过记忆中的事件数量，尤其是获得丰富感受的“大事”的数量来估算时间。“大事”，就是生活中的焦点，“大事”多，时间获得感就强，便觉得时间过得慢；“大事”少，时间获得感就弱，便觉得时间过得快。

小孩子对各种事情都很敏感。小时候，我们每天都有“大事”，买件新衣服，买本新书，买件新玩具，跟姐姐又吵架了，桃花开了，下雪了，打雷了，蚂蚁搬家了，都是“大事”。小孩子的“大事”多，所以时间的获得感强，心理时间过得慢。

青年人不像孩子那样敏感，时间的获得感减弱；但青年人的家庭、事业逐步铺开，生活中有足够多的“大事”，综合起来，心理时间加快，但加快的程度有限。

中老年人对每天例行生活习以为常，而且，生活中能够获得丰富感受的“大事”数量比年轻人也大为减少，所以时间的获得感最弱，心理时间比年轻时更快。

时间都去哪儿了

中老年人的时间不仅变快，还有一部分简直就像凭空消失了，回忆时似乎想不起来自己做了什么，所以人们会问“时间都去哪儿了”。

首先，中老年人在儿女和家务事上投入的情感和精力最大，投入的时间占很大比重，就像歌中唱的“生儿养女一辈子，满脑子都是孩子哭了笑了”。同时，工作也占用很多时间。

但是多数人在家事、工作之外应该还有些剩余时间，这些时间的去

清晨，一位老人缓缓穿过城市的一条老街。
老人的一天往往比年轻人开始得早。

处可以从心理时间角度分析，它们可能被“时间旋涡”卷走了。

人的成长一环扣一环，小升初、中考、高考、就业、嫁娶、生子，类似地，一年是一个节日接一个节日，个人职业发展是一个阶段接一个阶段，这让时间里出现了一个个大小旋涡，每个阶段的那一两件“大事”就是旋涡中心。

比如春节就是旋涡中心，中老年人在春节之前一两个月就忙东忙西，一切只为除夕到初五那几天。子女高考也是旋涡中心，高三一年里，父母后援团忙碌得像打仗，比自己参加考试还焦虑，一切都为等待一个结果。

时间走到旋涡中心时，事情固然精彩热烈，但它得到了几乎所有关注，我们对旋涡前后时间的获得感非常弱，所以这些时间流逝无痕，就像都被旋涡吸卷进去。不少中老年人都有这样的感觉：除夕和初一固然热闹，但春节前后的日子过得特别快。

3　三个方法，延长心理时间

怎样让时间慢一点儿？我们可以从“时间为什么越过越快”的解释中寻找思路。第四个解释是“中老年人因为对时间的获得感降低，所以心理时间快”，可以推理出：增强时间的获得感可以延长心理时间，从而让“时间慢一点儿”。

按这个思路，有三个具体实现方法。

增加生活中的陌生

一年前宁叔叔查出有糖尿病，他需要严格注意日常饮食，老伴儿全方位监督他，这让爱好美食的他很烦恼。不过后来他发现了新的乐趣，他买来糖尿病人专用食谱，里面很多饭菜是他们之前不会做的，即便有做过的，书上的也更精致。宁叔叔每周都会在食谱里挑选几样试做、试吃。

宁叔叔经常要采购不同的食材，偶尔还得添置厨房用品，宁叔叔的老伴儿很有“大局观”，给予充分的财政支持。有些物品和食材不容易买到，宁叔叔就让儿子在网上买。儿子有时答应了却忘记下单，他就在微信里“骂”儿子几句，通常儿子都会“骂”回来。这是爷儿俩多年来的一种娱乐方式，玩笑着“对骂”完，儿子都会乖乖地补买。

宁叔叔通常会把一日三餐饭菜都记录到小本子上，有时还会拍照记录菜品，通过微信向儿子、儿媳以及其他亲戚朋友推荐。一年下来，他积累了一小本饮食日志，当他翻看着小本子，看着用不同颜色笔写的、或潦草或板正的笔记，他觉得这些日子每天都有更多新鲜事，生活充实紧密，时间似乎走得稍微慢了一些。

宁叔叔对时间的获得感增强了，他在做饭的过程中获得了丰富的感受，这感受源于他把千篇一律的厨房工作变成了有变化、好玩好吃的探索研究，在例行生活中重新找到了新鲜感和陌生感。

发现陌生、接受陌生是小朋友擅长的事情，因此他们的生活最充实、心理时间最慢。中老年人也能做到孩子这样吗？这样好吗？这会不会是心理的退步？

宁叔叔做到了，他觉得很好，而清代文人郑板桥总结了这背后的规律。

中老年的郑板桥在《画竹》一诗中说：“四十年来画竹枝，日间挥写夜间思。冗繁削尽留清瘦，画到生时是熟时。”

郑板桥刚开始学习画竹的时候难免有生涩的时候，画了四十年早已熟稔于心、胸有成竹。但长期绘画，自己与原有的绘画技巧已经浑然一体、难舍难分，这让他的创作越来越熟练、老到，但陷于重复，难以找到创新的感觉。

某日某时他猛然从一个新角度审视作品，突然感受到了与作品久违的疏离感和陌生感，他无比欣喜，知道这绝不是退步，这是打破原有固定思维、突破自己创作窠臼的苗头，这后面跟着更多新技术的可能性。这陌生意味着“新生”，意味着更成熟。所以他说“画到生时是熟时”。

郑板桥是在讲绘画的规律，这规律也能解释宁叔叔的经历：他接受了陌生的饮食规则，并且正在享受做饭的“新生”。

中老年人感受陌生，并不是退步，反而是进步，会迎来“新生”。“生、熟、生”，正是人成长的螺旋阶梯。

然而接受陌生、迎接“新生”不是轻而易举的事。这意味着修正自己以往有固定思维的事情，这意味着去探索新的未知的领域。有些人会拒绝这些做法。

牛叔叔就是这样，别人经常跟他聊不下去。说到去某地旅游，他会说去那旅游就是看看某某山、某某湖，也无非那么回事，他以前出差去过好几回。经牛叔叔这么一说，别人也就不便再说自己原本可以提供的旅游新信息。牛叔叔年轻时阅历多见识广，这原本是优势，现在却变成他接受新信息的障碍。这样的情况并不少见。

袁阿姨说：“旅游？我很少旅游……你不知道，这么多年了，他爸爸哪儿也没带我去过！……其实我自己也不愿旅游，纯粹花钱买罪受。”袁阿姨希望老伴儿带着自己出去旅游，可惜几十年老伴儿都没有主动这样做过，于是她说自己不喜欢旅游。

段叔叔说：“我们老年人有事不愿多跟别人说，大事小事一般自己都能消化。……再说男的不能跟她们老太太一样……”段叔叔有很强的倾诉欲望，但是已经习惯了憋着不说，并且用性别作为阻止自己倾诉的栅栏。

薛阿姨说：“心理咨询师？都是骗子……现在骗子太多了，都是骗老人钱的。……医院精神科医生？那更不行。脑子又没病……要是简单说说情况，开开药还行。……还能追着赶着给不认识的人说自己的寒碜事儿啊，还给人钱？不嫌丢人吗？”薛阿姨经济条件并不差，但她难以接受跟人“说话”也是有偿服务，她也不认为专业人员的帮助有价值，除非对方开药或者提供有形的东西。

这些都是人之常情。我和同辈朋友交流时也发现：我们刚刚走进四十岁，已经开始不自觉地抗拒新观念，有越来越多的界限，原来不去做的，或者曾经失败的事情，现在也懒得再去尝试。我们在熟悉的区域里更舒适，甚至更有面子，因为固执不变似乎可以证明自己一贯正确。

然而我和朋友们意识到这样做只会让时间越过越快、让自己的心理加速老化，所以我们提醒自己要向那些经常获得“新生”的中老年人学习。

有些中老年人能够经常获得“新生”，不是因为先知先觉或储备了大量知识，而是因为他们善于这么做。比如他们常常用下面的话提醒自己：

没人能无所不知，所以当遇到不懂的事情时，可以平和地接纳自己的“无知”；

中老年人接受新事物可能会慢一些，那就慢慢接受，但不要一概拒绝，当然也不要盲目相信；

在接纳陌生的过程中会遇到困难和问题，要相信沟通、求助等方法能够帮助自己。

当中老年人具备了这样的认识，就可以方便地接纳陌生，同时“盘活”丰富的人生阅历，既具备了应对心理困境的能力，又可以给予年轻人智慧，从而获得心理上的“新生”。

“新生”不必是脱胎换骨，每个人都可以在生活的微小点滴中感受它。

秦阿姨说：“上次我闺女给我买东西，我夸了她几句，夸她关心我，她可高兴了。以前这种情况我都是先批评她乱花钱，我现在知道了，那样说孩子，孩子会挺伤心的。孩子的心意，我得学着接受。”

龚叔叔说：“我喜欢做菜，但不专业。以前不知道问，也没人可问，现在我经常会上网查怎么做菜，‘网师傅’真是厉害。”

陶伯伯说：“我们有时候也看你们年轻人看的节目，看看你们都在关注什么，没想到有的节目还真挺好玩。孩子知道我们也看这节目，说我们洋气，还和我们一起聊节目。”

邱阿姨说："我和老伴儿上周来了一场'说走就走'的旅行，虽然就在郊县，当天往返，但是感觉自己年轻了几岁似的。"

这样的小事看似不起眼，其实是中老年人心里的灵光闪现。

读到这儿，倘若您对自己多了一点一滴的思考，心中多了一分一毫的开阔，那么此时此刻您正迎来微小的"新生"，您可能会有更强的时间获得感，心理时间就在延长。

把握当下，感受当下

增强时间获得感，就要把握当下。

很多时候，我们的心思被过去的事情、未来的事情拉走，我们为过去遗憾、为未来焦虑，却没有注意到当下时间正在飞速流逝。

每一天乃至每一刻都有价值。古人说"春有百花秋有月，夏有凉风冬有雪"就是这个意思。春节有春节的好，准备年货有准备年货的好；身体舒服有舒服的好处，不舒服有不舒服的意义。"时间旋涡"周边的散碎时间也有价值。没什么时间是毫无意义的，人生的每段时光都有其独特价值。

有时我们的心思是如此纷乱跳跃，以至于忘记了当下，这时可以通过感受呼吸回到当下。

请感受自己的呼吸，吸气时在心里默想："吸气，我知道我正在吸气。"呼气时在心里默想："呼气，我知道我正在呼气。"

待平静下来之后，试着放下对过去的遗憾和对未来的焦虑，然后感受呼吸。吸气时在心里默想："吸气，我感到当下喜悦。"呼气时在心里默想："呼气，我感到当下喜悦。"

有时脑子里杂乱地塞满事情，但过后又记不清自己忙了些什么。可以试着在忙乱时拿出纸和笔，在纸上写下此时此刻脑子里的事情。可以逐条地记录："一……二……三……"

这记录可以帮助我们锚定当下的时间，避免心理时间被旋涡卷得踉踉跄跄。

养身结合养心，养心结合养身

增强时间获得感需要有平衡的养生方式。

什么是养生？养生是保护和调养自己的生命。

生命包括身体和心理两部分，也就是说：生命 = 身体 + 心理。因此，养生也包括两部分：养生 = 养身 + 养心。

养身是学习养身知识，践行养身方法，以延缓身体衰老，保持健康，从而提高生活质量、减轻家庭负担。养心是通过学习心理知识、了解心理规律，充实自己的内心世界，从而实现自己心理健康、家庭幸福和谐。

有些中老年人“重养身、轻养心”，甚至把养身当成了养生的唯一任务。他们每天的主要任务就是按各种来源的养身技巧安排衣食起居，而且在其中感受不到新鲜感和趣味，心理时间也就越来越快，时间获得感很低。

养身的目标是延长钟表时间，而养心的目标是用好钟表时间、延长心理时间。养身和养心，两者应相辅相成。“重养身、轻养心”则等于一边花大代价延长生命，一边不知不觉地浪费生命。

懂得养生、善于养生的中老年人都把养身、养心结合起来。

他们用养心为养身夯实健康的心理基础。老话说：“怒伤肝、喜伤心、忧伤肺、思伤脾、恐伤肾，百病皆生于气。”心理状况会影响身体健康。这在古代就是常识，现代医学更有大量研究成果可以作为证明。

他们让养身活动作为养心的载体，比如在健身活动中获得友谊，在运动中感悟人生，在文娱活动中品味艺术和美，从而延长心理时间。

养心和养身，两者相辅相成。

温馨贴士

增强时间获得感的“小动作”

家人、亲友建立微信聊天群。

用智能手机等设备拍摄和记录每天的所见所得，分享给他人。亲友之间相互欣赏，一起发现生活乐趣。

用运动手环记录自己的步数、睡眠情况，分享到家庭、亲友群里。

通过书籍、电视、网络文章、网络视频，以及手机应用软件等媒介，学习做一道新菜。

用各种方式阅读一本喜欢的小说，不必是名著，喜欢的就好。

看一场适合自己的电影。

尝试一种新的低成本的旅游方式。

十句话回顾

* 时间流逝的加速感以及伴生的困惑是比喜怒哀惧等一般情绪更难以表达、难以理解的感受，也与中老年人的健康长寿需求、情感需求和尊重需求相关。

* 调养身体，需要了解自己的体质；调养心理，需要理解自己的感受。

* 钟表时间是客观存在的时间，心理时间是人自己感受到的时间，钟表时间不会变快，也不会变慢，只是心理时间在变化。

* “时间旋涡”吸卷了前后的所有关注，就像除夕和初一固然热闹，但春节前后的日子过得特别快。

* 怎样不痛苦地延长心理时间？增强时间的获得感，方法包括：增加生活中的陌生，感受当下，养身养心相结合。

* “画到生时是熟时”，陌生带来“新生”。读本书时，倘若您对自己多了一点一滴的思考，心中多了一分一毫的开阔，那么此时此刻您正迎来微小的“新生”，您可能会有更强的时间获得感，心理时间就在延长。

* 没人能无所不知，所以当遇到不懂的事情时，可以平和地接纳自己的“无知”。相信沟通、求助等方法能够帮助自己。

* 很多时候，我们的心思被过去的事情、未来的事情拉走，我们为过去遗憾，为未来焦虑，却没有注意到当下时间正在飞速流逝。

* 把握当下，没什么时间是毫无意义的，人生的每段时光都有其独特价值。

* 养身的目标是延长钟表时间，养心的目标是用好钟表时间、延长心理时间。“重养身、轻养心”等于一边花大代价延长生命，一边不知不觉地浪费生命。养身和养心，两者相辅相成。

第七章

阅读，心灵的陪伴

读书、看电视、读网络文章都是阅读。阅读引领人们探索世界、了解自己。

与亲友共同阅读所带来的陪伴，不是枯坐无语式的陪伴，而是心灵交会的陪伴；而独自阅读也是一种陪伴，是自己给自己找寻的超越时空的陪伴。

1　亲友共同阅读，可以结更深的缘

十岁和十一岁那两年我住在姥爷家。我有自己的写字台，但放学之后、晚饭之前的那段时间，我常凑着去用姥爷的书桌，我们一起读书学习。

他在那边，我在这边

那时姥爷早已不再上班，但他仍然读书、写作。傍晚时分，他在桌子那边，我在桌子这边，我们面对面。我们各自摆开书籍、文具，文具可以换着用，但要有借有还。我们共用一个台灯，台灯放在中间，让我们俩都能用到合适的光。

当我读书、写作业遇到不明白的问题，我可以向他请教。有时我会立刻得到回答，有时他会说："你先把问题记下来，一会儿我们再集中讨论。"

起初我并不会记笔记。我问："记到哪儿呢？"

姥爷告诉我："你看书页边上不是有空白吗？那就是做笔记的地方。"

我问："随便记什么都可以吗？"

"记什么都可以，"他说，"你自己的任何想法都可以记。"

"我的想法有什么可记的？我们上课时也这样记，但都是记老师让记录的重点内容，还有字词解释什么的。"我说。

"你当然也可以记录自己的想法和问题。"他再次向我确认。

于是，至今我都保留着这个看书要动笔的习惯，而且受益于这个习惯。

我上大学的时候，他还经常提起这段时光。有一次他说他感谢我陪伴他，他很享受那段一起读书的日子。我吃了一惊，我才知道那时不仅是我自己获得了陪伴。

儿子与母亲的读书会

共同阅读所带来的陪伴，不是枯坐无语式的陪伴，而是心灵交会的陪伴。亲人、伴侣、朋友一起阅读，使得原本就有缘的人结下更深的缘分。

我和姥爷关于阅读的讨论，我还能记得一些，但多数已经模糊不清。美国人威尔·施瓦尔贝在他母亲患病后两年治疗的时间里，与母亲共同阅读、一起讨论，并把这个过程记录下来，让我们得以看到这段不平常又平常的家庭生活故事。

那天，威尔第一次陪母亲到门诊中心做化疗，母亲是第三次来，她已经熟到能跟那里的工作人员和其他病人点头打招呼了。

威尔说医院就像一个专门制造干扰的车间，总有人突然出现，让人去干这个或者那个，叮嘱、询问、检查、提醒……威尔得拿出足够的耐性面对这些。母亲抽完血后，他们去了治疗室，那是个小房间，那地方让他想起一伸手就能够得着天花板的学校宿舍。

不过，威尔的母亲似乎不太在意那些干扰和逼仄的环境。

威尔因为工作的原因感觉很烦躁。他努力不去想工作的事。他觉得身处与疾病奋战的一群人中，还抱怨工作显得很奇怪。于是他和母亲沉默地坐着。

“你真的不必陪着我，威尔。你太忙了。”母亲说。

“但我想陪你。”威尔说，“除非你想一个人待着。”

随后，他们中有一个人问对方：“你最近在看什么书？”他们的读书会就这样简单地开始了。在此后的两年中，他们一起读过几十本书。

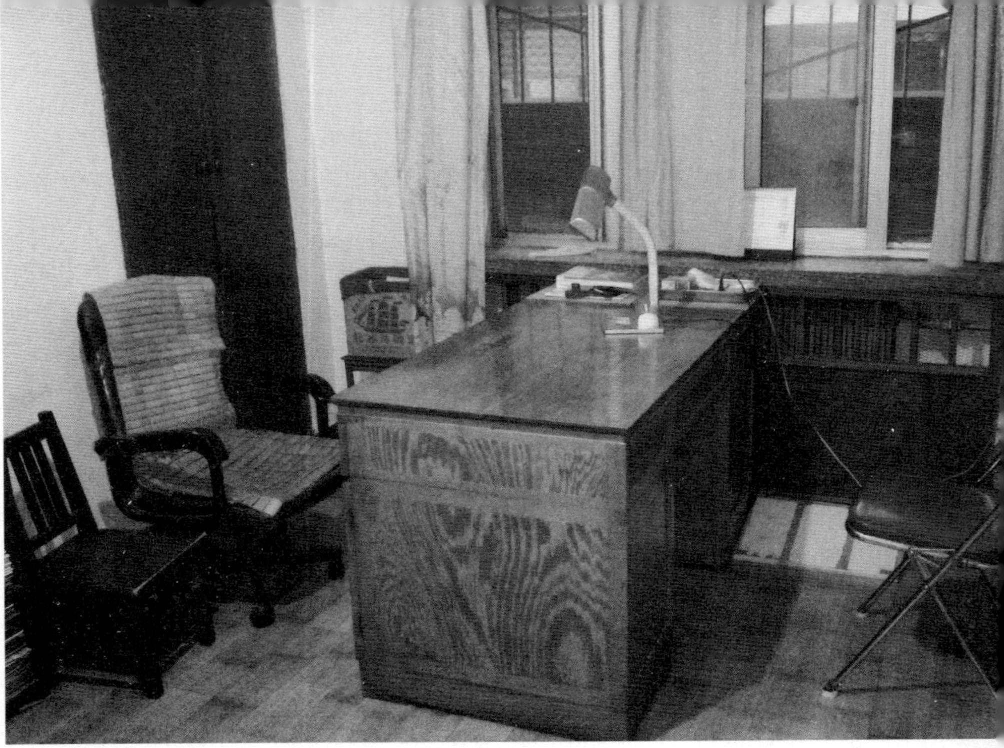

作者周波曾与姥爷相对而坐，共享着这样一张书桌。“共享书桌”是他们“共同阅读”的象征

“共同阅读”可以缩短两代人之间的年龄距离，使彼此多了一份亲密与默契。

当我第一次听到这个故事时，我脑子里冒出很多问题，后来我通过阅读威尔的著作《生命最后的读书会》得到了答案。

他们都阅读什么书?

威尔说他们的阅读非常庞杂，随心所欲。威尔甚至半开玩笑地说他的母亲非常节俭，只要有人塞给她一本书，她就会把它看完。他们共同阅读的第一本书是母亲当时正在读的，后来读的书来自两人各自的推荐，来自其他朋友的推荐，来自书架上的存货，来自当下生活中某个话题引出的相关书籍。例如，有一段时间母亲和威尔经常不自觉地把话题引向医生，他们就一起阅读和讨论英国作家毛姆创作的以医生为主角的小说。

他们都在什么时间、什么地点举办读书会?

他们不拘泥于形式、地点，只要方便说话，就可以举办读书会。他们不一定在同一时间阅读相同的书，也不一定总在吃饭时、特殊的节日或者每月固定的几天讨论书。只是随着母亲的身体每况愈下，他们不得不持续地回到那个候诊室。在那里，他们什么都聊，包括书。候诊室可能是除了家以外举办读书会次数最多的地方。

威尔母亲很善于阅读吗？

威尔说他母亲看书的速度很快，而且她常常会先看一本书的结尾，因为她无法忍受在阅读中等待着发现事情将会如何发展。这可以算是不拘一格的阅读风格吧。

他们都聊什么呢？

他们的谈话围绕着书里主人公的命运以及他们自己的命运展开。有时他们只是讨论书，有时他们在讨论中发现了自己，就顺便谈到自己的成长经历、工作经历、情感经历。他们开放地相互提问，比如威尔问母亲喜欢哪本书，喜欢书里的哪个人物，不喜欢什么，问她在不同年龄段的喜欢和不喜欢。他们自由地表达，认真地相互倾听。也有威尔提出问题，母亲没有详细回答的情况，威尔接纳母亲有她的秘密，理解她有想独自珍藏的记忆。

读书会的参与者只有威尔和母亲吗？

威尔说母亲和很多人讨论阅读，只不过他书中大多数内容是关于母亲与他的共同阅读。

最后威尔的母亲怎么样了？

阅读并没有治愈绝症的奇迹力量，但因为他们有阅读陪伴同行，这段时光不至于完全被疾病占据，他们有透气的机会而不至于窒息。在阅读和读书会中，他们能细细品味、思考、享受，获得智慧和力量，病人和家人都得到了慰藉；他们保持着亲密的关系和心灵的交流，彼此之间越来越亲近；他们的家族记忆和家族情感会延续，即便有人离开。

他们为什么不早些开始读书会？

威尔说他和母亲之前也经常交流阅读。一直以来，书籍都是带领他们探索彼此想法的媒介，让他们可以自然地探讨那些他们关心但又难以开口的话题，也一直能让他们在焦躁紧张时有话可聊。或许他们的生活里一直都有一个读书会，只是母亲的疾病才让他们意识到读书会的存在。

我们为什么不早些开始读书会？

2　阅读是自己给自己的超时空陪伴

贺伯伯说："一捧起书，我就很舒服。书橱里的每本书都是一扇门，随便打开一本，就进入一个新的世界。作者就是导游，我跟他转一会儿、聊聊天，再回来。"

超越时空的陪伴

共同阅读是亲友间心灵交互的陪伴，而独自阅读也是一种陪伴，是自己给自己找寻的超越时空的陪伴。

贺伯伯说，我们可以在极大的范围里选择想去的地方和想"见"的作者，因为几千年文明史，无数经历各异的人留下数不尽的记录。我们来去自由，随时都能同作者聊几句，即便他们远在天涯或者已经消逝，因为书籍是作者备好的礼物。

他说，我们可以提出问题，提出的问题多数会在上下文中得到回应和解释；我们会随时对后续内容做出猜测，作者的讲述有时让我们暗暗得意"果不其然"，这验证了我们的经验；有时让我们惊讶"原来如此"，这让我们获得了新经验和新感受。

我们在阅读中进行的聊天比生活中随意偶得的聊天更丰富多彩，因为优秀的书籍都被精心准备、浓缩呈现，我们用几天甚至几小时就能感受到作者在几年、几十年走过的心路。

贺叔叔极少感到孤独，因为他总能获得陪伴。

阅读方式有很多，找到适合自己的

除了读书，阅读方式还有很多，包括读报纸杂志、听广播、看电视、看电影，还有听音乐、看舞蹈演出、看戏剧演出、看绘画展览，还有新技术带来的网络阅读。

即便是传统的书籍，现在也有两种新形式：一种是读“电子书”，也就是在电子书阅读器、手机、平板电脑、个人电脑上读书；另一种是听“有声书”，我们可以听通过手机、音乐播放器、平板电脑等设备播放书籍的朗读录音。

在这些阅读方式中，您最喜欢哪几种，现在最常用哪几种呢？

卫阿姨颈椎不好，眼睛有点儿小毛病。以前儿子也给她推荐过小说，她虽断断续续看了一部分，但并不轻松愉快。自从儿子帮卫阿姨在智能手机上装了听书软件，一切变得不同。她一部接一部地听小说，《围城》《白鹿原》《平凡的世界》《红楼梦》都在她的听书列表中。她说：“用做家务的时间就可以听小说，而且脖子和眼睛还不累，太方便啦！”

每个人都有最适合的阅读对象和阅读方式。最适合卫阿姨的是听“有声书”。

这个时代有足够多的作品供中老年人阅读，有足够丰富的技术手段方便中老年人阅读。

然而，即便面对打动人的作品，也只有当我们做好接受它的准备时，才更容易获得共鸣，否则再生动的描写也会被只信自己经验的读者斥为“胡说”。

唐代诗人李贺曾有诗句：“黑云压城城欲摧，甲光向日金鳞开。”很多读者都能感受到诗句描述的壮观景象。

但宋代王安石没感受，他说：“这个年轻人胡说，天空有大片乌云时根本看不到太阳，盔甲怎么还会反射太阳光呢？”

明代杨慎批评王安石，说这个宋朝的“老头儿”不懂诗。他说，他在云南的时候，曾经亲眼见过这样的景象：天空中有太阳，黑云像蛟龙一样在太阳旁边。所以他知道李贺说的是真实的。

如果我们在阅读时不急于“挑毛病”，而是试着更多地去感受作者传递的信息，自己就可能得到更多。

阅读是自己给自己的超时空陪伴，下面是几种在这种陪伴中可能得到的收获。

尝到生活的细腻味道

《贫嘴张大年的幸福生活》《老有所依》《有你才幸福》《父母爱情》《情满四合院》……这个名单还可以拉得更长，这些作品描述的是老百姓的生活，阅读这些作品，我们不禁感慨：这些作家、编剧、导演太厉害了，把老百姓的家长里短、鸡毛蒜皮都说透了。

他们为什么能够做到这样？优秀的创作者大都心思敏锐，他们捕捉生活感受，再用丰富精准的艺术形式表达出来，于是，他们的作品成为生活的浓缩景观。

生活总是急匆匆的，情感细腻的人也会忙于赶路，错过了品味风景，如果现在想回过头去细细琢磨，那么去阅读那些拥有细腻描写的作品是最便利的方法：那些我们自己尝过或未尝过的味道，以及虽尝过但没细品的味道，都可能出现在别人讲述的故事里。

照镜子，可以看到自己

阅读是一面可以映照内心的镜子，帮助自己认识自己。

上小学时我看过《围城》电视剧，只看到滑稽；高中时看《围城》小说，有了新感受。阅读中，我常因为方鸿渐的经历脸红，因为感觉像在说自己。比如方鸿渐看着聪明实则糊涂，兴趣颇广、心得全无，赵辛楣一针见血地说方鸿渐是好人，但一无用处。

我把感受写成读后感与姥爷分享，姥爷看了惊讶于我想法复杂，又觉得这十六七岁青年的认真蛮有趣，他用一种俏皮的笑容，挤着眼说："别把自己看得那么差嘛。"我依然严肃，坚持对自己毫不留情。姥爷收敛了一点儿玩笑的表情，又说："那也没关系，你年轻，还可以改变嘛。"

我现在仍然清楚地记得这事，大概因为这读后感是我对自己最早的刀砍斧剁式的反省，而且这反省虽然稚嫩却得到长辈的认真回应。

我看方鸿渐，就像看自己；我们看的是别人的作品，带出来的是自己的心思，在阅读过程中，我们把自己的内在心理当作外在的对象去观察。

当读到自己所苦痛烦恼的东西，我们也会心生不安，但这至少比自己亲身遭遇到烦恼要缓和得多，同时又让我们能够比较真实清晰地看到自己。

喝完啤酒打个嗝

在阅读中可能引发强烈的情感共鸣。共鸣是我们在阅读中被深深打动时所体验到的激动情绪，我们或许有过这样的体验：

我们遇到与自己经历相似的故事，故事主人公与我们有相似的成长环境、相近的年龄和境遇，我们发现隐隐约约在那折磨自己但又想不清楚、说不明白的东西被别人描述得如此通透、彻底。一种深刻而复杂的感觉油然而生。

我们惊讶于自己的情绪怎么会一下子被激发，这感觉久违了，压抑多年，以为自己已经忘记；我们心跳不已，甚至出汗、颤抖；我们不由得把书本合上或给电视换台，想在屋里转几圈，或者找身边的人倾诉一通。

我们内心被震动，但这震动并不是坏事，就像蒙眼走了一路突然取下眼罩，就像喝了一肚子啤酒后打出一个透嗝，就像淤积不通的下水道突然一阵畅快，连水带垃圾全都排出去了，虽然会让人疲乏，但是有助于舒缓心里或明或暗的压力。

获得更多智慧

威尔说他母亲这一生，只要感到悲伤、困惑和茫然无措就没办法静下心看电视，电视会干扰她的思绪。但她常会在书中找到给自己的安慰。书能让她精神集中，使她平静，带领她走出困惑，面对现实。

据说杨绛先生曾对一个年轻人说："你的问题主要是读书不多而想得太多"。她还曾说："读书的意义大概就是用生活所感去读书，用读书所得去生活吧。"这话或许适合于各个年龄段的困惑的人。

相对于几千年的文明积累，无论年龄大小，人的亲身经历都是少之又少；相对前辈先贤，我们所有人都是年轻的后人。

我们遇到的多数问题，无数前辈都遇到过，他们中的一些人把智慧总结下来。通过阅读，我们可以让经验扩展到自己亲身经历之外的广阔时空。

相对于年轻人，中老年人遇到的问题更复杂，可能更需要阅读。中老年人只是需要找到适合自己的作品和阅读方式。

3　怎样获得量身定制的阅读

何叔叔说："买什么书啊，我那有一橱子呢，看都看不完。"但是真要说读，他又一本都看不下去。那些书是几十年来各种来路的"库存"，多数已经不太想读，有的已经落满了灰，捧到面前气味呛鼻。

偶遇的作品太少

我们需要阅读的是适合自己的作品：我们感兴趣、有需要，我们能看懂、看着不太累，有相对优质的表现形式和内容。

有的人像何叔叔，只在自己的存货里找作品，有的人则靠偶遇。偶遇有特殊的魅力，可惜美妙的偶遇太少，偶遇的好书、好电视剧、好电影、好音乐太少，更多时候是茫茫然不知阅读什么，或者百无聊赖地阅读无味的作品打发时间，但又与无数好作品擦肩而过。

阅读的最大成本是时间。花费时间阅读不适合自己的作品，是浪费时间；让好作品错过了适合的阅读时间，是遗憾。

本节以书籍为例说明找到适合自己阅读作品的两种途径：一是逛书店，二是获得他人的推荐和导读。

书店，包括实体书店和网上书店。

实体书店跟百货超市很像。中老年人大都喜欢逛百货超市，超市里不冷不热，购物的同时还能散步活动，更棒的是经常可以找到新鲜有用的食材和有趣的日用品。而书店的环境只会比超市更好，书店里的书籍分类摆放，我们可以去感兴趣的区域再仔细搜寻，只要肯找，总能找到适合自己的书。我们可以触摸到书，可以从容浏览，而且随时可以咨询工作人员。

网上书店是在家就能逛的图书超市，当当、孔夫子、淘宝、京东等电子商务网站都销售书籍。在网站上，我们可以根据关键词查询图书，看到书籍的简介、目录，有的书还可以试读几页。

获得他人的推荐和导读

找到合适作品的第二种途径是请人推荐和提供导读。如果一本书只粗翻几页，或者两小时的电影只断续看几分钟，我们就对作品下判断，那么这个判断可能是盲人摸象。

倘若有人向我们快速介绍大象有多大、由哪些部分组成，那会让我们更快、更全面地了解大象，减少误会。这就是推荐和导读的作用。

最理想的推荐和导读者是既了解作品又了解我们的人，他可以为我们提供量身定制的内容。同龄人的推荐很好，好在年龄相近，兴趣、观点相仿，容易有共鸣。年轻人的推荐也很好，好在推荐的范围更广，新信息更多。第 1 节故事中的威尔和妈妈相互推荐书目，又一起讨论阅读，这是最量身定制的阅读。

还有更多来自陌生人的帮助。提供帮助的陌生人分两类：第一类是网络汇聚的阅读者，第二类是专家学者。

网络汇聚的阅读者，大数据里藏龙卧虎

网络是近些年的新鲜东西，但汇聚读者评论的平台一直存在。

记忆中，二三十年前每周的《山东广播电视报》是家庭必备品，每到春节之前还会发行封面喜庆、刊载两三周节目预告的加厚版。主要内容包括：节目预告、剧情简介、专业影视评论、演职员采访、观众来信，等等。《山东广播电视报》有个由观众投稿内容组成的小模块叫“短平快”，每期都刊登读者的几句话或几个字的短评，金句迭出，不亚于现在微博上的段子。

我有个同学，他姐姐是报社编辑，他曾得意地转述说：“想发表可不容易哦，投稿的人多着呢，连信都拆不过来呢。”

那时的年轻人就是现在的中老年人，当年他们那种分享和表达的欲望跟现在的年轻人没有分别。只不过现在的年轻人赶上了网络时代，他们有无限的机会可以在网络平台上说话，而不用费劲投稿、眼巴巴地盼录用。

“豆瓣网”是一个讨论书、影、音的网络社区。如果我们想看看别的网友如何评价和讨论《大江大河》，可以在“豆瓣网”搜索一下该剧，截至 2019 年 2 月，这里有一千二百余篇剧评，两万八千多条短评论，还有更多对这些评论的反馈和讨论。当然，只要您愿意，您也可以在这儿发表自己的解读，与其他网友互动。

众多观众的评论汇成的“大数据”可以为我们的阅读提供支持。

“豆瓣网”的内容覆盖了绝大多数正式发行的书籍、电影、电视剧，其中多数作品都有观众评分。例如《大江大河》有十万多人打过分，综合评分 8.8，这是很棒的分数。

在“豆瓣网”上可以让各类作品根据评分排序，这样就形成多个超大的榜单，我们可以在分门别类的榜单里挑选阅读作品。与《大江大河》得分相近或更高的国产电视剧还有很多，比如《大宅门》《闯关东》等。

与此类似，当当、京东等专业售书网站也有实时榜单，在这里我们可以了解哪些书籍是当前销售最好、读者评价最高的作品。

网友评分形成的榜单可以为我们提供选择的范围，而众多评论可以让我们在阅读之前初步了解作品或在阅读之后帮我们答疑解惑。

我们很可能会发现对自己口味又有很高质量的网络评论，这是因为网络汇聚的阅读者数以百万、千万计，来自各种职业、各个年龄段，哪怕只有万分之一与我们的趣味相投，也有成百上千的同好者；这里藏龙卧虎，有各行的精英人物，参与者中哪怕只有百分之一是高手，那也有数以万计的高手。

我看电影、看书之后，有时理不清、解不透，有时自己有理解但还是想看看别人的见解，我就会上网找找各路“神仙”的评论，通常会满意而归。

专家导读，帮读者站在高处阅读

第二类推荐者和导读者是专家学者。他们的观点相对更系统。

先说推荐。比如每年年底各大媒体、各大出版社都会推出年度图书榜单，这些榜单通常是媒体和出版社组织专家评选出来的，榜单集中了本年度新书中的优秀作品，这些作品未必全都是销售火爆的畅销书，但大都是具有较高社会意义、文化意义的精品。

再说导读。我们了解学者对作品的观点，不是非得全盘接受他们的观点，更不会唯此人观点是瞻，我们自己的感受是珍贵的。陈寅恪说：“诗若只有一种解释便不是好诗。”音乐、电影、小说、画作也都是这样，有生命力的作品可以从很多视角理解和欣赏。我们需要导读，是为了获得启发，为了站在他们肩膀上可以看得更深、更远，感受更多。

举两个我和朋友们的例子。第一个关于读诗。

我文学底子薄弱，读诗常有看不懂的字词句，感觉像是仰视，脖子酸痛却没看清楚全貌。这时需要诗词解读类书籍的指导。以解读唐诗的书籍为例，我读到的有以下三类导读作品：

一类严谨庄重，如《白居易诗选》《王维诗选译》，它们大都是权威专家撰写、权威出版社出版的，内容包括严谨的创作背景说明和文字注释。

一类通俗有趣，如《在唐诗里孤独漫步》《唐诗地图》，它们是唐诗研究者和爱好者撰写的，内容是从某种感觉、某个角度对唐诗的理解，内容简单有趣，更像以唐诗为脉络的故事书，给人乐趣和启发。

还有一类兼备两者长处的作品，如《叶嘉莹说初盛唐诗》《叶嘉莹说中晚唐诗》等。叶先生出生于1924年，长期研究古典文化，从事相关研究和教育。她的作品从作者和诗作出发，一点一点展开，既有严谨细致旁征博引的解释，又有女性细腻丰富的情感解读，既讲知识又讲故事。她的文字平淡温和，有传统大家风范，读着舒服。

站在这三类导读作品上，我可以从高处感受唐诗的风采。

第二个例子关于《红楼梦》。这是部博大精深的小说，每个人都会从其中看到不同的东西，自其诞生二百多年来有很多人作过解读，蒋勋先生的解读是其中比较特别的。

蒋勋是台湾的一位学者，他曾长期在一个小范围的课堂上讲《红楼梦》。感谢作者的分享，也感谢现代出版业，他们把少数人读书课堂里的内容变成一套名为《蒋勋说红楼梦》的文字书和相应的录音。

我和一些朋友就是这套出版物的受益者。我们都不是专业的文学工作者，更不是《红楼梦》的研究者，《红楼梦》像一座高山，我们心知其中藏有宝藏，但只能领略大概。

通过《蒋勋说红楼梦》，我们细致地感受到《红楼梦》里的喜怒哀惧，之前模糊的感觉被理清，之前没注意的地方被提醒，自己原有的认识与蒋勋先生的解读碰撞，产生不少新的火花。

然而，蒋勋先生的著作也引起一些争论。正如《读书》杂志的评论文章《也谈蒋勋的硬伤》中说：

……有论者连发两文，指出蒋勋写作中的不严谨及众多硬伤，并用“忽悠”一词概括蒋勋作品在读者中的影响，称蒋著为“中文世界里的三聚氰胺或者塑化剂”。

……

蒋勋的著作很多由演讲结集而成，演讲时戏说的成分可以活跃气氛，但变成白纸黑字，就得仔细审读与考订。……

可若抛开这些不论，蒋勋能被广大读者认可，还是有其道理的。仅以细读《红楼梦》为例，蒋勋便做了一件非常有价值的工作。

……美、善、悲悯、爱、诗意、情趣仍然是文学中更重要的内容。从这个角度说，蒋勋立足于将《红楼梦》还原为文学，从美学角度探研《红楼梦》魅力，确实能让读者耳目一新。

蒋勋认为，如果只是片面地将薛蟠理解成一个下贱的纨绔无赖，把贾瑞对凤姐的单纯到不知如何是好的爱理解成淫贱，那就无法体会到《红楼梦》的真谛，这些生命如此真实，值得我们去同情、理解。……《红楼梦》是一面镜子，照见的是读者自己。

总之，有适合自己的作品，我们需要在合适的时间发现它、阅读它；有适合自己的作品，如果再有合适的导读，会让我们与作品的相处更熨帖。

4 电视最亲切、手机最便利，但不够

上世纪七八十年代夏天的傍晚，四合院的人们围坐在一台电视机前

看女排比赛。比赛紧张的时候，大人们的蒲扇都停住了，直到一阵欢呼或者叹息之后才又重新扇起来。各家的孩子们兴奋地跑来跑去，像在过节。

电视，亲切的电视

也从那时起，电视剧陪伴了我们一个又一个晚间时光。那时电视频道少、节目也少，前一天晚上播的电视剧，第二天学校、单位、报纸都在讨论。同学、同事甚至偶遇的陌生人都会一起参与全社会共同观赏而烹饪出的讨论盛宴。一九八五年的《夜幕下的哈尔滨》、一九八六年的《西游记》、一九八七年的《便衣警察》、一九九〇年的《渴望》，这几部电视剧是多少中老年人的共同回忆。现在听到“几度风雨几度春秋，风霜雪雨搏激流”，很多人能立即哼唱出“历尽苦难痴心不改，少年壮志不言愁”。

三四十年来，电视一直忠实、亲切地陪伴着我们。

电视有很多优点。

摄影师宁舟浩岳母家写字台的玻璃板下面，留着全家几代人的记忆，还放着电视台与电视遥控器数字编码的手写对照表，以方便人们查看。

这些旧时光的掠影，多么亲切熟悉。

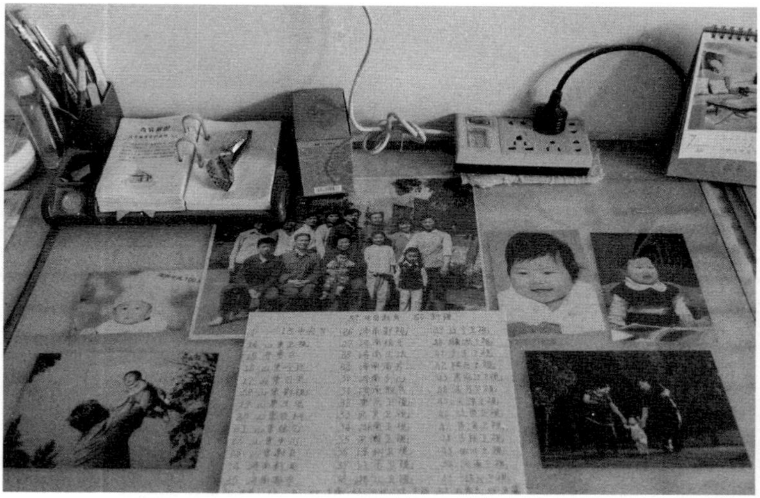

第一，电视节目时间固定，适合于生活规律的中老年人。第二，电视节目对观众的阅读要求最低：不用出门就能看，不费脑力、体力就能看。第三，看电视是最方便的家庭娱乐，它是很多家庭在一起度过休闲时光的首选。第四，只要开着电视，家里就不冷清，人就不寂寞。

而且，现在优秀的电视节目越来越多。贺伯伯读书多，但他也喜欢看电视，他每天都看《新闻联播》和养生节目，他喜欢看电视剧，比如《大宅门》《闯关东》《大江大河》等，他喜欢看纪录片，比如《舌尖上的中国》《航拍中国》《我在故宫修文物》等。

不过，电视也有不足。电视有图像声音，比文字生动，但也限制了创作者的表达空间，约束了观众的想象空间。同样是讲故事，有的小说很精彩，但拍出电视剧并不好看，比如书里一大段精彩的内心独白在电视剧里被几个表情或几句缩水的台词带过，感受的丰富程度大打折扣。有些精彩的故事根本无法拍成电视剧，只能保留在文字中。

所以，我们离不开电视，同时需要用其他阅读方式为自己补充精神营养。

手机，便利的手机

在智能手机上阅读网络文章、观看网络视频成为现在最便利的阅读方式。

有人说："我现在经常看网络上的小文章，微信好友之间经常互相转文章，有些文章写得可好了。也等于看了不少书吧？"

这个问题，我们需要两面看。

一方面，手机阅读有很多好处。

手机阅读方便，随时随地可以阅读，提供无缝隙的陪伴。郭叔叔说："以前见到年轻人坐公交车的时候都要抱着手机，我还看不惯。现在我自己也整天抱着手机啦。当然，我走路时可不敢看，但在家里只要没事儿就摸起手机看文章、视频，睡觉前也看一会儿。"

手机阅读时效性强，刚刚发生的事情，网上就会有报道。更不要说无处不在的直播，每一部手机都可以向整个网络发布消息，所以有人说现在叫“自媒体时代”。

手机阅读互动性强。网上的新闻可以点评，即便不点评也可以看到别人的点评。如果有明星做直播，通过手机可以直接与他们交流。这是以前难以想象的。

手机阅读具有很强的娱乐性，阅读有趣的小文章、小视频，是必要的娱乐。就像偶尔吃点零食，可以放松心情，也是一种愉快的自我陪伴，这虽然不见得能够有利于养身保健，但整体上利大于弊。

另一方面，手机阅读有明显的缺点。缺点之一是内容零碎，东一片、西一块，它也因此常被称为“碎片阅读”。

读报纸也类似于“碎片阅读”。二十份报纸的阅读量接近于一本书，但二十份报纸是一堆信息碎片，而一本书是一个小系统，两者阅读的效果不同。我们需要报纸、网络文章这样方便快捷的阅读，也需要更系统的阅读。

同时，特别需要注意的是“劣质碎片”。就像有些孩子喜欢脆脆甜甜的口感，对高油脂的“垃圾食品”没有抵抗力，这些“劣质碎片”也具有很强的传播力。

即便是被大量转发、大量阅读的网文，也未必都是好文章，因为有些网文的“价值”只在于不负责任地投读者所好、用有欺骗性的话语获得点击率和转发。

有些文章的全部努力都在标题上。只要吸引我们点击了，它的目的就达到了，但浪费了读者的时间，甚至误导、欺骗读者。

更糟的是，“劣质碎片”蹂躏和透支读者的语言感受，像味觉敏锐的美食家顿顿吃辣椒、花椒麻了舌头，读者再看到恬静、平淡的文字时可能失去了品味的耐心和能力。

平衡的阅读搭配有益于心理健康

吃饭是往肚子里填东西，阅读是往脑子里填东西，所以阅读像吃

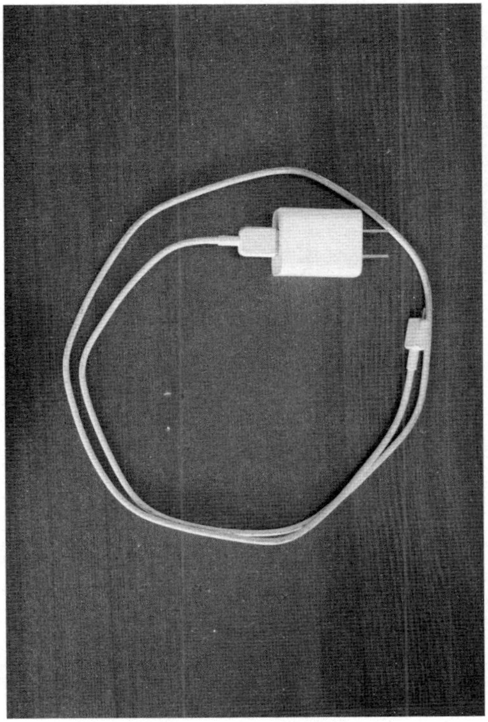

几乎每家都有一大堆类似的手机充电器，老人们往往不舍得丢弃，说没准今后能用得上。

自从有了智能手机，很多人的阅读活动就限于手机这个“小圈圈”里。

饭。吃饭有“煎炒烹炸、焖溜熬炖”等制作方法，阅读也有很多方式；吃饭以个人需要和喜好为基础，但还要考虑健康，阅读也一样，既要快乐也要营养。

科学的饮食有利于身体健康，平衡的阅读搭配有益于心理健康。我们离不开电视和网络阅读，但也需要其他阅读方式。

5　眼睛、脖子、腰不舒服，怎样读书

有人说：“我想读书。但我不能坐得时间太长，腰不舒服。”有人说：

“我眼睛不行，看不清楚字。”有人说：“老年人得多活动，不然看书倒是多了，可身体退化了。”

中老年人的经验

与声音、影像相比，文字是最朴素的表达方式。与电视、电影相比，书籍的历史更悠久，所承载的资源更多。

大家都知道读书好。然而，怎样读书更省力，怎样读书才能减少对身体的影响？中老年人大多有自己的经验。

龚叔叔强调阅读要有适当的计划。他说中老年人忙于家庭琐事，看着都不是大事，但很占用时间。每天大约什么时间阅读，读半小时还是一小时，要有个大概的计划；计划当然不是一成不变的，但有了计划，他就能更好地利用空闲时间。

谢阿姨眼睛不好，她只在白天看书，通常是在上午光线最好的时间，她会找避开阳光直射但又光线充足的位置。

张阿姨颈椎不好，她只在桌前看书，坐高度适当的椅子。她特意买了一个读书支架，支架是竹子的，放桌子上，书竖起倾斜着放在支架上，这样张阿姨目光平视就可以读书，她的两只手也解放出来了，胳膊和脖子都不费劲。尽管如此，她连续看书的时间也不超过三十分钟。

贺伯伯阅读量大，每天阅读三四个小时以上。但他特别注意动静搭配，每阅读四五十分钟，就起身散步做操，眼睛望望远处，活动脖子、肩膀、手臂、腰腿，然后再阅读。

阅读大字体图书会显著降低阅读疲劳

中老年人阅读时常常觉得字小，看起来吃力。中国盲文出版社有一系列“大字体”版的图书，正文字体大约六毫米见方，适合视力较弱的中老年人。出版的作品种类虽不太多，但似乎针对中老年人做了选择：比如史铁生的《插队的故事》、汪曾祺的《大淖记事》、周国平的“人生哲思录”系列等。

但是，大字体意味着同一本书会变得更厚，成本和零售价会随之提高，而且大字版图书面对的是中老年人和弱势群体，这个市场目前较小，所以市面上并没有充足的大字版图书供应。

这方面电子阅读更便利，因为电子书阅读器上的字体可以随意调整。大屏手机、平板电脑也可以阅读电子书，但它们的光线强，不适合中老年人长时间阅读。

“电纸书”是更专业的文字阅读工具，它们的屏幕光线更柔和，视觉效果接近于真实的纸张，所以被称为“电纸书”。电纸书阅读器的价格从几百至两三千元不等。正版电子书也需要购买，但价格比纸质书便宜。

化零为整，大部头也能拿下

电视台化整为零地播电视剧，观众一天花一两小时看一两集，既不累也不耽误家务，不知不觉看完几十集的长篇电视剧。化整为零让看电视变得轻松，倘若把一部剧集中几天看完，即便年轻人也会头晕眼花。

读书也可以这样。《平凡的世界》是部大部头，它的完整版有一百万字之巨，想想就觉得很难看完。听书比看书还要慢，要多久才能听完呢？一年还是两年？我们可以计算一下：

按照1分钟250字的普通朗读速度，100万字的录音是4000分钟，约67小时。如果1天听半小时，那要听4个多月；如果1天听1小时，2个月左右就听完了。

是不是比想象的快很多？

试试新的读书方式，比如听书

新阅读方式可以弥补传统阅读方式的不足，但并不是每个人都能马上接受新方式。

卫阿姨听说智能手机可以“听”书就积极地试用，然而杜阿姨的儿子想给她手机装个软件可难多了。

她儿子说这个软件能看电视、那个软件能听音乐，杜阿姨没仔细听便做了决定："不要不要，我只要能聊天就行，别的程序都不要。"

卫阿姨有"听"书的需要，一直在主动寻找方法，所以一说就接受；而杜阿姨虽然有需要，但她还没意识到，而且她习惯性地拒绝别人介绍的陌生事物。

杜阿姨的儿子有办法，暗自给她手机装上看电视剧的和听书的软件，几天后杜阿姨自己偶然打开软件，摆弄几下，才发现"这么方便啊"。

现在杜阿姨经常在个人电脑上和手机上看电视剧，她追剧不再受电视台播出时间限制，买菜做饭错过的剧情可以在闲的时候补回来，更不用费劲儿和老伴儿抢遥控器。这些都是她早想解决的问题。

杜阿姨虽然并不常用听书软件，但她现在知道手机里有书，而且是可以听的书。

面对新的方式，不妨别急着拒绝，有的当时就觉得有用，有的也许以后会觉得有用。

温馨贴士

听书小技巧

中老年人听书的时候尽量不用耳机，那样不仅影响听力，而且容易头晕，推荐外放。

如果觉得用手机外放的声音小，可以用手机连接音箱。蓝牙音箱是最方便的，只是需要熟悉一下蓝牙连接操作；也可以在第一次使用时让年轻人帮忙设置好，之后再用就方便了。

很多听书软件都有定时的功能，可以设置为播放完本段节目关闭，也可以设定为十分钟、二十分钟后关闭。有些中老年人喜欢在睡前听一段书，听着听着就睡着了，这时候就可以使用这个功能。

6 “用电影延长三倍生命”

人们为什么去看电影？是什么驱使人们放下手头事务走进一间暗室，专心花一两个小时去看布幕呈现的故事？为什么看电影可以获得丰富体验，而且难以替代？

有些人不愿看电影，合情合理

越来越多的中老年人喜爱看电影。但仍有一些中老年人已经十年、二十年没进过电影院，也很少在电视上看电影。看不看电影是个人意愿，没什么对错，而且他们不看电影的理由充分、合情合理。

不愿看电影的具有共性的原因包括以下几种。

有人觉得电影和电视剧没有太多差别，没必要再去花钱看电影。

有人觉得有些电影质量不高。

有人受不了太闹的音效、太眩晕的武打、太血腥暴力的场面。

有人觉得有些电影虽然制作精良，但看不太懂。

有人觉得去电影院麻烦。“看电影一两个小时，再加上来回路上时间，看一场电影得花半天工夫，我们没这么大的空闲。”“中间想上厕所也不方便。”

有的中老年人的观影经验停留在上世纪八九十年代，比如认为去电影院不是日常生活的做法。“小年轻谈恋爱才去。”“年轻的时候也很少看，那时候单位经常发电影票，一个职工两张，我经常送给同事，还能老那么花里胡哨地过日子呀？”

有的中老年人即便在电视上看电影，也愿看老电影，不愿看新电影。老电影节奏平缓，音乐顺耳，剧情也熟透了，没有紧张的悬念，只有温和的回顾，这是很好的放松和休息。这有点像有些老年人喜欢听戏曲，他们不是在听新内容，而是在品味。

上述和其他没有提及的理由都合情合理。不过因为这些理由而排斥所有电影，有点可惜。

因为看电影可以获得丰富的阅读体验，而这种体验是其他阅读形式难以替代的。而且，中老年人其实可以找到适合自己的电影作品。

获得未曾有过的体验

人们为什么去看电影？

出生于1932年的俄罗斯著名导演安德烈·塔可夫斯基这样回答："我认为一般人看电影是为了时间：为了已经流逝、消耗，或者尚未拥有的时间。他去看电影是为了获得人生经验……这就是电影的力道所在，与'明星'、故事情节以及娱乐都毫不相干。"

相比之下，看电视接近于"休闲"，去电影院观影更接近于"体验"。这又是为什么呢？

一是离开家门去电影院，这过程带着仪式感，有利于做好阅读的心理准备。

二是在电影院的环境里，人们更容易让自己置身于剧情中。开场、坐定、关灯，人的理性撤退，感性上升；周围都是黑暗，正前方的大银幕吸引了我们的全部注意力；环绕立体声让人仿佛置身于剧情的现场；连续一两个小时，中途很少被打扰，全心感受电影中的喜怒哀惧和风光。这些都是在家里断断续续地看两集连续剧所无法比拟的。

三是电影世界有很多制作精良的作品，可以让我们体验难以接触的生活，帮我们"圆梦"。

很多人都曾有探索高峰、探索极地、探索太空的梦想，电影可以帮助圆梦。如果想去攀登珠穆朗玛峰可以看《喜马拉雅天梯》和《最狂野的梦》，想去南极冒险可以看看《意志的考验》和《南极坚忍号》，想独自骑自行车去西藏可以看《转山》。在巨幕影厅观看有宇宙景观的科幻电影，就是超级廉价的太空旅行，这类作品如《普罗米修斯》《地心引力》《星际穿越》《火星救援》《太空救援》《流浪地球》。

电影院里有很多镜头稳定、声光平缓的剧情片、传记片，这些作品更适合中老年人。中老年人可以在一两个小时里把自己代入电影的情境，跟着主人公一起感受他们的人生。这种感受是高度浓缩的，在丰富了个人体验的同时，人们的“心理时间”被大大延长。

在电影《一一》中，创作者借少年之口说出中老年人的话：“我觉得我小舅说得蛮有道理的，他说，电影发明以后，人类的生命比起以前延长了至少三倍。”

影评人木卫二有感于这句台词，为自己的影评合集命名为《用电影延长三倍生命》。这书名是中老年人观影的最充分的理由。

其实，所有的阅读都具备这个作用，尤其是故事类的阅读，比如小说、电视剧，但电影是给人感受最为丰富的一种。

怎样选座，怎样买票便宜

在电影中我们感受的是浓缩的人生体验，所以观影的两小时比日常两小时更累。中老年人看电影需要尽量降低对身心的负面影响，当然也要尽量省钱。以下是一些观影建议：

第一，中老年人身体不适时不宜观影，有慢性疾病的中老年人能否观影要咨询医生的意见。

第二，中老年人更适合上午或下午午睡后观影，这时精力充沛，对睡眠的影响也小。

第三，中老年人适合坐在影院中后部，选座位不要太靠前。

第四，选择适合自己的电影。从“1905 电影网”“时光网”“豆瓣网”等网站可以查到正在上映和未来几个月将要上映的影片，可以看到电影简介、专业影评和其他观众的评论。

第五，网络购票通常更便宜而且方便。如果能够使用手机支付，可以通过手机应用软件购票，购票的同时就能选座位，提前十几分钟到影院取票即可。如果自己手机没有开通支付，也可以请家人代为购买，让购票人把那一串用于取票的序列号转发过来即可。还可以关注电影院的优惠活动。

第六，可以通过网络影院观看电影。这有点类似于过去人们租录像带、买光盘看电影，只是现在通过网络实现。网络影院的优点是在家就能看，费用也相对低，而且不受限于影院的上映时间。缺点是观影效果远比在影院要差。另外，不建议中老年人使用手机或平板电脑长时间看影视剧，这可能影响身体健康。

需要注意的是：每个家庭购买的网络服务不同，可以根据具体情况选择网络影院。每个在线影院拥有版权的电影数量不一，在这个网站能看的电影，在另一个网站未必能看；每个网络影院里既有免费电影，也有收费电影；可以按月、按年缴费，也可以按部缴费。

第七，观影之后需要沟通和放松，能“进去”也要能“出来”。电影结束后我们常常意犹未尽，有一肚子感受和言语。有时这种感受很沉重，不说透了不舒服；有时脑子里有被电影勾出来的问题，不沟通就难以消解。因此我们在观影之后需要沟通，以便入戏之后也能出来。我们可以上“豆瓣网”“1905 电影网”看影评、写影评、给影片评分。我们更可以和看过同部电影的家人、朋友交流，这样，电影也成为家人、朋友间沟通的好话题。

十句话回顾

* 共同阅读是亲友间心灵交互的陪伴，而独自阅读也是一种陪伴，是自己给自己找寻的超越时空的陪伴。

* 这个时代有足够多的作品供中老年人阅读，有足够丰富的技术手段方便中老年人阅读。

* 如果我们在阅读时不急于“挑毛病”，而是试着更多地去感受作者传递的信息，自己就可能得到更多。

* 那些我们自己尝过或未尝过的味道，以及虽尝过但没细品的味道，都可能出现在别人讲述的故事里。

* 相对于几千年的文明积累，无论年龄大小，个人的亲身经历都是少之又少；通过阅读，我们可以让经验扩展到自己亲身经历之外的广阔时空。

* 阅读的最大成本是时间。有好作品，我们需要在合适的时间发现它、阅读它；有好作品，如果再有合适的导读，会让我们与作品的相处更熨帖。

* 我们了解网友和学者对作品的观点，不是非得全盘接受，而是为了获得启发，为了站在他们肩膀上看得更深、更远，感受更多。

* 视力下降、体力下降怎样读书？中老年人大多有自己的经验，比如做好阅读计划、控制时间、注意坐姿、结合运动、听书，等等。

* 科学的饮食有利于身体健康，平衡的阅读搭配有益于心理健康；我们离不开电视和网络阅读，但也需要其他阅读方式。

* “用电影延长三倍生命”，意思是人们可以在一两个小时里把自己代入电影的情境，跟着主人公一起感受他们的人生。这种感受是高度浓缩的，在丰富了个人体验的同时，人们的“心理时间”被大大延长。

第八章

旅游的意义在于感受

旅游是什么？去了又走，匆匆而过？我们在旅游中究竟获得了什么？

风景属于自然，经济效益属于社会，我们自己留下的是感受。是否，能给人旅游感受的行为，都称得上是旅游？

1　为什么想旅游却很少旅游

姥爷的写字台上常年放着风景照片，过一阵换一张。照片也没相框，随意地倚在台灯、胶水瓶、笔筒旁边。

风景桌面

我出生时姥爷就六十岁了，在我记忆中，除了他生命中的最后一年，姥爷每天至少在写字台前阅读和写作五六个小时。风景照片一直在他面前陪伴着他。

姥爷有时会向我“炫耀”:“你看这风景，春山如笑，生机勃勃。哈哈，刚才我虽然坐在桌前，但我进到那里了。累了我就这样放松一下……”

如果他使用智能手机或者台式电脑，大概会用风景照片做桌面。

不过那时他的“风景桌面”可有点寒碜。正式一点儿的是老友寄的风景明信片，更多的是他自己剪的，来自旧杂志的封面或封底，来自旧月历、旧挂历，甚至还有的来自包装盒。花眼人用老剪刀，照片边缘也常常觉得不怎么整齐。但这都不是妨碍，他兴致勃勃地在简单的生活里偶遇风景。

姥爷病重住院时，我曾送给他一本自制相册，里面是我去呼伦贝尔拍的照片，每张照片都配了简单的文字，他看了很多遍，对风景和文字都赞赏有加。这时的他更喜欢看人在艰苦环境下与自然有合作、有斗争地相处的风景。

从奎屯出发，公路上经常是连续几十公里的道路没有一个弯道。

带着“平安”去远行。

可惜我没有仔细留意过他以前的“风景桌面”，也许每张照片都是他一段心情的侧写。

小时候，我从未把他的做法和“旅游”联系在一起。我只知道他喜欢旅游，但他年纪大了，所以很少旅游。

这些年，我才开始思考：他这样做算是旅游吗？旅游的意义是什么呢？像他这样年龄比较大的老人，该怎样享受旅游呢？

现实的阻碍

有很多中老年人都喜欢旅游。

在一项针对老年人出行的研究中，对“您每年都会去旅游吗”这个问题，选择“会”的达到被调查人数五成以上，选择“不一定”的四成，选择“不去”的只有半成，这说明中老年人外出旅游的愿望很高。

但是有意向不等于真能走出门，有些问题让人细想之后难成行，其中既有现实的阻碍，也有心理的阻碍。

现实阻碍比较有共性，身体状况是最主要因素，安全、时间和经济因素次之，这一点在我与中老年人的交流中也得到了印证，他们常提及的困难包括以下几点。

第一，身体有疾病，行动不便。

有人说："旅游是个累活儿，我本来心脏就有毛病，出门在外要是适应不好，那可麻烦了。"有人说："我膝关节软骨磨损，走不了多长时间就疼。"

第二，外出存在安全风险。

有人说："出门安全是第一位的，我们年纪大了，要是遇到交通事故，或者走路不小心摔一跤，那就太窝心了。"

第三，家务事多走不开。

有人说："家里总有事，虽说不是每天都忙，但如果连续几天不在家，恐怕不行。"有人说："我得伺候人呐，一周七天一天空闲都没有，退休比上班还忙。"

第四，旅游花钱多。

有人说："一出门吃喝拉撒睡都得花钱，而且得花不少钱。"有人说："我们哪能像你们年轻人那么潇洒，那么舍得玩。得留点儿钱，不然心里不踏实。"

第五，在外面睡不好觉。

有人说："我睡眠差，宾馆墙壁不隔音、枕头不舒服、床垫软硬不当都会影响我的睡眠。上次去的地方不错，可是我们住的那个宾馆临街，太吵了，三天没睡好觉，血压都高了。"

第六，饮食不习惯，水土不服，大小便不方便。

有人说："我们平时很少在外面吃饭，肠胃不好。我们出去旅游吃饭是个麻烦。"有人说："我老伴儿便秘。平时在家饮食注意、生活规律还能好点儿，出门估计够呛。"有人说："旅游少不了坐车，做长途车上厕所不方便，太受罪。"

第七，集体出行时不自由。

有人说："他们有报团的，但是有人回来说不自由……几点吃饭、几点出发、在景点玩多长时间都得听导游的……"有人说："我有个同学，她们五六个老太太一块儿出去玩，她们没有跟旅游团，就是自己玩，但中间也没少闹矛盾。”

第八，缺乏个人旅游的技术。

有人说：“我闺女给我说了，旅游之前要做‘攻略’，要做计划。可查资料、买火车票、买飞机票这些事，没年轻人帮忙还挺费劲。”有人说：“手机导航很有用，但怕路上弄着费劲，还浪费上网钱。”

第九，缺乏同行的旅伴，缺乏操心、干活的人手。

有人说：“我想去旅游，但老伴儿不想去。”有人说：“他这人在家就是甩手掌柜，出门还不得累煞我。在家伺候就够够的了，还得出门再伺候着？”有人说：“我就一个人，自己出门虽然自由，但不方便。”

心理的阻碍

想旅游却难以成行，除了现实的阻碍，还有心理层面的阻碍。心理阻碍人人各异，与性别、年龄、心理特点等都有关系，下面列举几种。

第一种，想旅游，却被别人的看法影响自己的计划。

亲友的介绍和新闻报道是中老年人旅游决策的重要信息来源，别人的看法对自己的计划有较大影响。有人说：“去年夏天想去甲市玩，邻居说甲市没啥玩头，又计划去乙市，可后来看新闻说那里的海滩跟下饺子似的，人挤人。最后结果是哪儿也没去。”有人说：“这地方都没什么人去，咱还去干什么？”还有人说：“这地方那么多人都去过，咱还去干什么？”

第二种，想旅游，但缺乏启动旅行的力量。

有人说：“心里烦，哪有精神旅游。”有人说：“等着家里这几件事处理完了再去吧，现在去旅游也没心情看景。”生活有惯性，越累的时候越会按着惯性走。旅游要操心，要用另一种节奏生活几天，这需要有打破惯性的力量，就像汽车发动时要打火。然而这是个僵局：心情沉闷，懒得旅游；懒得旅游，心情更沉闷。

第三种，想旅游，但兴致被之前旅游中的不完美破坏。

罗叔叔好不容易出门旅游一次，兴冲冲地去当地老字号吃饭，谁知排队排了半天，名吃的味道也一般，饭店服务态度还不太好，罗叔叔感觉像是上当受骗，忍不住冲老伴儿说："老说旅游，旅游有什么好，就是傻乎乎花钱遭罪。"

马阿姨第一次去海边旅游时赶上反常的寒流，海上吹来的北风比内陆更加凛冽，衣服又没带足，瘦小怕冷的她被吹得胆战心惊。之后两年一提去海边就直摇头。

第四种，想旅游，但又觉得去哪儿都没意思。

很多人不知道哪里适合自己，或者不知道什么样的旅游方式适合自己。

去旅游，有很多阻碍；不去旅游，可能有些遗憾。在"我想旅游，但是……"的等待和拖延中，时间飞逝。我很想说："如果喜欢旅游，如果有机会、有能力旅游，就试着赶快行动起来吧。"

2　感受日常小旅游，感悟人生大旅行

有调查数据显示：中老年人旅游之后认为幸福感会有很大提升的约占七成，认为有所提高的占二成五，认为旅游与幸福感无关的仅有半成。这说明旅游能够显著提升旅游者的幸福感。

我们在旅游中究竟获得了什么？旅游是去了又走，匆匆而过，风景属于自然，经济效益属于社会，我们自己留下的是感受。

和最亲爱的人一起出现在美好的地方

每个人的感受不同，下面是几位中老年人的描述。

姚阿姨这样介绍自己的一次旅行："四川甘孜海螺沟有冰川，当地的朋友得知我们要去，预告说这个冰川有点'暗'。海螺沟冰川是低海拔冰川，周边山上植被丰富，冰川表面的杂物多了些，所以看上去不全是蓝白色晶莹剔透的，而略显暗淡。这就是朋友口中的'暗'，他担心我们会失望。

"然而我和家人不仅没有失望，还获得了惊喜。冰川绵延十几公里，有足够多的机会在灰色表层下面发现美景。我们上年纪了，不会再去珠峰脚下的绒布冰川，虽然那里可能更完美。海螺沟完全可以圆我们的冰川梦。"

她说她和家人旅游从未因风景失望，一起在路上就足够快乐。他们在康定市区、在山谷小镇里一同度过的时光是未来的珍贵记忆，也会成为情感纽带的一股线。

旅游不是为了独自置身地球的某个美好的地方，而是为了和自己最亲爱的人一起出现在那儿。这是属于姚阿姨的旅游感受。

"到此一游"，感受美好和自豪

田阿姨每年都要旅游一两次，都是跟老姐妹们一起玩儿。她兴冲冲地让我在电脑上看她悉心保存的数码照片，大部分是她和姐妹们在景区的合影，小部分是纯粹的风景。

照片最打动我的不是里面的风景，而是田阿姨的笑容。在每一张照片上我仿佛都能听到她爽朗的笑声。

田阿姨说："我们旅游呀，就是网上说的那种'上车睡觉，景点拍照'，你得笑话我们吧？哈哈哈……"

我说："不会呀，这多好啊，多开心啊。"

有些人觉得中老年人"到此一游"式的旅游没有意义，但中老年人的感受与这个判断相反。

亲身站在美好的风景里，把笑容和风景保留在相片里，这多么愉悦美好。

另外，增加一个自己在这个世界上去过的有趣的地方、减少一个心心念念想去却没去过的地方，即便在交通发达的今天，也是值得自豪的个人成就，对于中老年人更是如此。

历经千年，感受“人”的风景

齐叔叔熟悉泰山，他说好景未必远，比如经石峪。

他说“经石峪”很近，从红门上山，沿主路走两公里左右，在岔路口选小路往东三百米就到了。在这片两千平方米的缓坡石坪上刻着大字，内容是《金刚经》，每个字约五十厘米见方，现残存约一千字。

他说这仍是件未完成的作品，因为从内容看，已雕刻的经文只是一半篇幅；从作品看，最后十几个字只勾勒了轮廓而没有雕刻完全。

站在经石前，他仿佛可以看到当年的僧侣、石匠，听到他们的话语和叮叮当当的斧凿声。

新疆阿勒泰地区布尔津县五彩滩，旅人与夕阳下的雅丹地貌。

和家人一起在路上、一起出现在某个美好的地方，是一种快乐和幸福。

他不禁在想：最后一次匆匆收工时是什么情形？会不会有因故暂缓出工的匠人没得到通知，几个月后来上工时看着空空的工地一脸错愕？

人类在地球上刻画的美好印记是“人”的风景。最美丽、最有生命力的“人”的风景，都是由人与自然和谐相处所创造出来的，就像泰山的建筑大都依地势而建，题刻大多与山壁一体，再如洛阳龙门石窟、红河哈尼梯田，它们无不是这样。

倘若我们能把自己代入历史变幻中做个时光旅行者，那我们就能从这些风景中看到历史沧桑变幻，看到人的努力与命运。

自然规律，也是一道风景

傅伯伯书架上有两罐看起来很相似的沙砾，两罐里面都既有小石头，也有细如粉末的沙。他有时会歪倒罐子，看沙子在石头缝隙里流动。

一罐里的沙子先大股流动，基本平稳后还有些小股如溪水般流动，要等一会儿才能完全静下来，这一罐是威海东楮岛的海沙。海边的石头都被海水冲刷得没有了棱角，大多是鹅卵石，而海沙就是微小的鹅卵石，它们之间摩擦小，流动顺畅。

另一罐里的沙子流动时间短一些，它们来自敦煌莫高窟外的小山丘。这些小山丘上有一些石头，石头质地易碎，在太阳暴晒、巨大昼夜温差和风吹雨淋的综合作用下，表面龟裂得像搓板；石头有白色的、黑色的、紫色的、绿色的、红色的，像远古巨兽褪去的坚硬锐利的鳞片。小碎片碎裂再碎裂，就成了细沙，但无论多小都带着棱角。所以这一罐沙砾摩擦大，流动滞涩。

这两罐沙砾，看着相似，但每一粒都不同。

当我们在自然风物中亲身发现天文、地理、地质、动植物、气象的小小规律时，它们也会成为一道给予我们感受的风景，有时还带着隽永的味道。

穿越古尔班通古特沙漠的公路。

人生如旅。或温婉或雄壮，或秀丽或险峻，或精巧或辽阔的风景是不同的生命体验。在日常小旅游中感悟人生大旅行，生命的长度、宽度与厚度都会得到延展。

大自然是一个疗养院

缺乏变化的生活像一只固定大小的笼子，生活在其中的人熟悉所有细节，行为被琐碎计算的套路限定，看重的东西越来越被看重，忽视的东西越来越被忽视，自己的某一部分被不断重复，自己的另一部分没有机会出头。

在这样的小环境里，我们连“开小差”都很难，因为周围有太多人和物随时在提醒自己的“身份”。就像当我们晚饭后在附近公园散步，看着夕阳西下明月初上，身心放松了片刻，忽然遇到一位熟人，现实的考量马上又占据了大脑。

旅游让我们在陌生的山川、市井、历史中感受更丰富的自己，在与我们没有利益牵扯的中性环境中，我们更容易找回本真，就像自由摄影师郭子鹰所说：“当一个人上路旅行，他的感官当比生活在熟悉的都市中更加敏锐活跃，陌生的景致也最能调动他的本心与真性情，流露出他之所以成为他的那最本真的一面。”

旅游也能帮人走出困境。四处走走，在中性的环境里减少对生活套路的执着，有助于更客观地评价困境，甚至能灵光闪现找到新的解决方法。当有些人在熟悉的环境里“长恨春归无觅处”时，也许有些人正在旅游中感叹“不知转入此中来”。

旅游能让心境开阔。林语堂先生说：

> 大自然本身永远是一个疗养院。它即使不能治愈别的病患，但至少能治愈人类的自大狂症。人类应被安置于“适当的尺寸”中，并须永远被安置在用大自然做背景的地位上，这就是中国画家在所画的山水中总将人物画得极渺小的理由。
>
> ……
>
> 一个人能偶尔觉得自己是十分渺小的，于他很有益处。
>
> ……
>
> 在另一方面，常和大自然的伟大为伍，当真可以使人的心境渐渐也成为伟大。

五〇后作家陈丹燕从上世纪九十年代开始背包旅游，她曾到过一处冰川运动形成的山谷，那里冰河早已融化，只留下冰川移动时切割岩石留下的陡峭山崖，满山谷长着黄色长草。她就地躺下，闻着秋季干燥的长草的芳香。她这样描述自己当时的感受：

> 我躺在那里，好像一块古老的冰躺在它的旧河床里那样顺理成章。那一刻，我似乎觉得自己的生命也许消失，但人类生命与自然的相伴，也是永恒的。一时，自然的永生和自己生命的短促在我心中引起的不是感伤，而是安心。那是一种生命会前赴后继地与自然相伴的安心，形而上的安心。

人生是场大旅行

人生何尝不是一场大旅行。用平时的小旅游去积累感受，可以反复地小中见大，感悟人生这场大旅行。

旅行不只为终点，或许“在路上”才是旅行本身。在旅途中，风物为人所看、为人所用，而非为人所有。无论去哪里，每一段旅行都是“来了，感受风景，走了”。

就像歌中唱的：“总是要说再见，相聚又分离，总是走在漫长的路上。”

哪些可以被称作旅游

环游世界，去伦敦、纽约、雷克雅未克、布宜诺斯艾利斯……

国内大江南北地走，去西安、成都、三亚、苏州、兰州……

两三百公里范围内的海边或山间的景区。

游览几十公里内的本地景区。

在离住所几公里的公园里健身。

在住宅小区的花园里散步。

看看阳台上、窗前的盆栽。

在电视、电脑、手机里看世界风光。

回忆那年去过的天池、西湖、故宫、园林……

以上这些都可以是旅游。

既然旅游给人留下的是感受，那么能给人旅游感受的行为，都称得上是旅游。

当我想明白这个道理时，我就确认了姥爷一直在通过“风景桌面”享受旅游。

也因为这个道理，我们应该更多地去感受“旅游的感受”。这样，一方面可以在传统的旅游方式中找到更多乐趣，另一方面也可以挖掘其他较少身心阻碍的新的旅游方式。

3 伴着家的味道旅游

旅游一定要去没去过的地方吗？旅游一定要去很远的地方吗？旅游就不能享受居家的便利吗？

在熟悉的空间里缓慢行走

台湾漫画家朱德庸有部作品集的自序题目叫“在一个时代里缓慢行走”，他说：“我喜欢走路。我的工作室在十二楼，刚好面对台北很漂亮的那条敦化南路，笔直宽阔的绿荫绵延了几公里。人车寂静的平常夜晚或周六周日，我常常和妻子沿着林荫慢慢散步到路的尽头，再坐下来喝杯咖啡，谈谈世界又发生了哪些特别的事。”

这算不算旅游呢？风景是熟悉的，但又是新鲜的，不变的是地点，变的是树木的四季更新；旅游的感受是熟悉的，但又是新鲜的，不变的是共度一段沉浸于树荫风景的缓慢时光，变的是话题和心境。这当然是旅游，而且是高质量的旅游、悠闲的旅游。

“悠闲游”是在熟悉的空间里缓慢行走。它可以是在家附近、随意进行的游逛，它也可以是伴着家的味道的远途旅游。

近山乐山，近水乐水

第一种“悠闲游”是在家附近的游逛。但并非每一个人的楼下都是“笔直宽阔的绿荫大道”，有的人还在承受灯光和噪声的烦扰，怎么有心情悠闲游呢？

“参禅何须山水地，灭却心头火自凉”“莫谓城中无好事，一尘一刹一楼台”，这话有道理，但不容易做到，如果能够找到风景更好。

其实每个人所在的城市都有绿化良好、建筑美观的花园广场，假如居住地旁边没有，就去周围看看：三公里内，会有较多变化；十公里内，会有较多选择；一二十公里内，虽然未必有著名景点，但总会有令人喜悦的风景，而且这仍是可以乘坐公共交通工具往来的距离。

还可以换个时间看，同一个地方在不同时间的景象也不一样，朱德庸先生也是在“夜晚或周六周日”，才能得到敦化南路上的“人车寂静”。

如果家附近有几座小山，可以结伴攀登看看四季的山景，可以在山脚树荫下唱歌运动，可以登高望远享受高处的视野。如果心有灵犀，那就怎样也看不厌倦。很多中老年人都这样做，包括古代的大人物。

王安石是北宋文学家，也曾担任过宰相，1076 年他推行的改革失败，长子病故，他来到到江宁，1086 年病逝于江宁。他曾说：“终日看山不厌山，买山终待老山间。山花落尽山长在，山水空流山自闲。”

“终日看山不厌山，买山终待老山间”也许是他晚年的愿望。他已看透无论山花如何烂漫，总有落尽之时，无论山水如何喧腾，也只是无谓地流淌，而“山长在”“山自闲”，他欣赏山景，融入山景，愿意在山间老去。

如果家附近有片水，那也有趣，无论是海、湖、江、渠。水边可以观景，有的水边还可以嬉水和钓鱼。南宋陆游喜欢钓鱼，他说：“当年一半的酒肉朋友现在都封侯了，而我单单要去作江边的渔翁。……这水面属于来此闲游的闲人，用不着皇帝施恩赐予！”

他还说：“我就住在钓鱼台的西边，偶尔去卖鱼我都怕离城门太近，更别说去红尘深处。潮起时我撑桨出去，潮平时我系缆绳捕鱼，潮落时唱着大气的歌回去。有些人说我是高雅的隐士。他们错了，我就是一个无名的渔翁。”

公寓式酒店，又居家又旅游

中老年人依赖家的感觉，在旅游中也不愿放开。

覃阿姨不喜欢旅游，因为她性格内向，不愿多出门，而且她腿不好，不宜多走路。

去年夏天特别热，孙辈也大点儿了，女儿趁暑假安排一家去安静的海滨小城避暑。

一行两位老人、一个中年人、两个孩子。女儿预订的酒店离市中心十五分钟车程，离海滩只有不到一公里，更重要的是，这个酒店是女儿精心挑选的公寓式酒店。

公寓式酒店也是酒店，但它的房间是公寓形式的套房，不仅有卧室、卫生间，还有厨房。根据服务设施的不同，价格也不同。覃阿姨一家人选的这家酒店经济实惠，他们住一套两室的套房，住宿费用跟他们住当地的快捷酒店差不多。

厨房里有统一提供的灶具、锅具和餐具，可以自己开火做饭。第一次使用厨具、餐具之前，覃阿姨很细致地做了消毒。筷子和勺子都是覃阿姨自己带来的。

他们平时就在附近超市购买生活必需品，逢当地的集市，大家一大早出去赶集，这既是游玩，又能顺便买新鲜食材。有时上午孩子们去海滩玩沙子，覃阿姨老两口在家做大餐。午睡后，大家一起去海边游泳，看风景。他们偶尔坐车去远处的景点玩，在饭店吃点儿地方特色美食。

唯一的问题是房间略微潮湿，但只要睡前用空调抽抽湿就会舒服很多。

覃阿姨对这次旅游很满意，她对旅游的“成见”似乎都有所松动，因为她主动计划了半年后的再次出行。

不少中老年人住过公寓式酒店，他们这样评价这种住宿方式：

“我们这里夏天热，那边凉快。酒店价格也合适，我们连续三年每年夏天都去住几天。越住越熟悉，越住越有感情，感觉自己就像候鸟一样。”

“最棒的就是能自己做饭。在旅游中尽量保持原有的饮食习惯，让旅游的人有个家。”

“换个地方生活，就像生活中多了一块‘飞地’，在家里烦闷了就去山边、海边的那个家。”

温馨贴士

如果特别关注卫生条件

不同酒店提供的设施可能有所不同。可以问清楚酒店的设施和服务条件，根据自己的要求做好准备。

酒店提供基本卧具。如果需要，可以自带床单、被罩、枕巾等卧具。

锅具、碗碟可以自行消毒。如果需要，可以自带部分餐具。

4 “心旅游”，最低成本的旅游

身体是旅游的最大限制。身体不好或者事务繁忙的时候怎样旅游呢？

“心旅游”是最低成本的旅游

金伯伯说：“二十多年前，我在四川一个小山村第一次感受到大山的压迫感。

“我们到达村子的时候已经入夜，山路十八弯，旅途疲惫，一夜酣眠。第二天早晨一走出招待所，我发现与我们来的相反方向不远处就是一座山，或者说，是一堵巨大的墙。

“那山不是缓缓升起的，几乎是拔地而起、陡直耸立，人站在山根，山壁几乎擦到鼻尖。岩壁陡峭，徒手很难攀爬，我不自主地向两侧寻找出路，但在周围兜兜转转、退步远眺，根本看不到尽头。

“早晨潮冷的天气中，我居然有点出汗，身体明明没那么累，腿却有些发软，也许我的身体想向大山顶礼膜拜，我臣服于这座山：如果我想凭借自己的力量向这个方向前进，这座山是我难以克服的；如果天天面对着它，我恐怕都不敢有离开这里的念头。”

金伯伯把这段旅游经历讲述得生动详细，所以我一点儿都不惊讶他后面的话。他说：“直到现在，我仍然能够时常重温那时那地的感受，仿佛又回到那个小山村、那个早晨，尤其当在电视里看到连绵的山景时。”

金伯伯和很多人的经验都能告诉我们，人能感受到两种风景。

第一种是面前的风景，现在可以直接看到、听到、触碰到。

第二种是接触不到的风景，我们曾经到过那里，那里存在于我们的记忆里；或者我们没有到过那里，但可以从别人的转述中了解到。

“心旅游”的对象是第二种。“心旅游”时，我们并不真实地处于某片风景中，但我们与它有联结，所以可以在心理上身临其境，让自己获得真实旅游所能给予的美好感受，满足心理对旅游的需要。

这让人联想到古代传说中的某些神通，比如上天入地、穿墙钻山、一个跟斗十万八千里。它们也许是真实的，真实地存在于心理层面：身体在原地，但思接千里，神游八方。这样看来，“心旅游”或许是最神奇的旅游。

这也让人想到一种新的技术：虚拟现实。当人们戴上虚拟现实头盔，可以听到环绕立体声、看到三维影像，人们获得的感受是如此逼真，以至于以为身在另一个地方。这样看，“心旅游”就像是内心产生的虚拟现实。

很多人都具备在内心虚拟现实的能力。例如没有听到任何实际的声音，但是脑海中会浮现出一段旋律，或者看到一段文字，我们并没有把字读出声来，但能听到文字被读出来。

作曲家舒曼说："如果不乞灵于乐器而在你的脑海中自然而然地浮现出一个旋律，那你就应当格外高兴——因为这表明你内心的音乐思维已在萌芽了。"

当外界没有风景，但能够在头脑中想象出风景，生出旅游的各种感受，或许这也值得我们格外高兴，因为这表明我们具备了用最低成本旅游的能力。

的确，"心旅游"是最低成本的旅游，它最省钱，它几乎不用花钱；它最省力，它身未动、心已远，让身体不再是旅游的限制；它最方便，可以随时"出行"、随时"返程"。

起初，"心旅游"不期而遇，在某些情境下突然出现在脑海，但怎样才能随意掌控"心旅游"呢？

曾经的旅游感受是最好的"心旅游"资源。老照片可以帮助串起记忆；还可以借助辅助工具去感受别人的感受，辅助工具包括：摄影作品、盆景、音乐、电视、电影，以及虚拟现实技术等。

老照片，来自旧时光的新旅游

浏览老照片，很容易想起当时的各种感受，帮助我们完成一次"心旅游"，这是来自旧时光的新旅游。

我们的经历越丰富，可以想象的空间就越大；以前的亲身感受越深刻，我们能够还原出的细节就越细致。

虽然有些旅行已经稍显久远，记忆不那么清晰，但老照片可以唤醒和点亮它。

田阿姨给我看老照片，照片里的田阿姨才二三十岁，虽动作略显拘谨但笑容灿烂，背景是北京天坛，她说："你看那时候人'傻'吧，照相都一个姿势，出去玩必须拍这么一张照片。"

那时候胶卷宝贵，要尽量节约，所以拍照取景时尽量兼顾人和景，人的表情动作大都端端正正，生怕照虚了，因为得等洗出照片才能看到照相的效果，如果拍坏了很难补拍。那时拍照后会得到方正挺括的纸质相片，踏实地记录下人和景的联结。

我记得生产胶卷的柯达公司在八九十年代曾经有段广告，广告语是：“这一刻，多温馨，甜的笑，真的心，串起了，每一刻……让这每一刻，握在你的手，别让它溜走……串起每一刻，别让它溜走……”

这样串起每一刻的老照片，太珍贵了。

这些年人们有了智能手机和数码相机，我们可以不再受胶卷的限制随意拍摄，为今后留下充足的“心旅游”的资源。

智能手机和数码相机还可以录制视频，视频可以保留风景中的动感和声音，潮起潮落、云卷云舒、风呼海啸、鸟鸣松涛，都会被记录下来。可能有一天，连气味和温度也能被记录。

需要注意的是，有时浏览老照片、老视频也会伴随着副作用，因为旧日旅行牵连出来的记忆能让人兴奋，也能让人悲伤。“心旅游”的目的不是重温旧事，而是找到熟悉的风景，从而让当下的自己进入记忆中的风景。倘若有人在浏览老照片时总会被卷入不舒服的旧日回忆，那就暂时不要通过老照片去“心旅游”。

另外，可能我们去过某些景点，但并没有留下照片，这时可以用这些景点的摄影作品集、影视风光片作为记忆的补充，这些可以在书店和网络里找到。

温馨贴二

全景照片，360 度记录眼前风景

视频占用存储空间大，浏览起来也没那么快捷，所以我们更多时候选择拍照。“全景照片”是一种特殊的拍照方式。

全景照片的原理是：我们拿着相机旋转，相机自动连续拍摄，最后相机会自动拼接所有影像，从而得到一张很宽的照片。这样我们在回看照片时，可以看到在拍照那个时刻，我们前后左右能够看到的所有景物。

全景照片的拍摄方法是：首先选择拍照，然后选择“全景模式”，点击快门，持稳手机，按照提示旋转，我们随时可以再次点击快门以结束拍摄。有的中老年人旋转后容易眩晕。所以为安全起见，在拍摄全景照片时，要有伙伴在旁边照看。

“身体感觉照片”

从相机得到的照片记录的是风景的视觉感觉，同时，我们尝过、闻过、手脚触碰过的、心里体验到的其他感觉，都被记忆在身体里，成为一组组“身体感觉照片”。

很多人都这样做过，比如前面故事中的金伯伯用身体记住了四川山村的清晨，而因病失去视力的青年诗人周云蓬也已习惯使用听力、嗅觉等除了视觉之外的感官感受风景。下面的文字可以称得上是他送给我们的香港太平山顶的“身体感觉照片”。他说：

晚上，朋友带我们去了太平山。

真没想到，香港还有这么大的山，在山顶，环山一周，听到下面城市的声音，仿佛在南迦巴瓦峰脚下听雅鲁藏布江的滚滚怒涛。

借朋友的眼睛俯瞰夜色香港，这夜色仿佛打翻了的杜十娘的百宝箱，珠光璀璨。

其实我理解一个伟大的城市，和大自然中的大森林、大海同样壮观。

继续走，空气充满了草木香。

转到海的这边，城市的喧嚣隐去，有两只牛蛙，隔着路，一唱一和，好像两个养老院的老头儿，抽着烟，一边咳嗽，一边说着过去的事情。

怎样“拍摄”“身体感觉照片”

假设我们现在正在旅游，未来我们还想在“心旅游”中再度来到这片风景，那可能需要“拍摄”一张“身体感觉照片”。如果想“拍摄”得清晰一点，可以分为三步：

第一步，记忆身体感受：看看四周，伸出手摸摸周围，哪怕只有空气；踏一踏脚下，是结实还是柔软；听一听，周围有什么声音；闻一闻，空气里有什么味道；感受其他所有的感受。

第二步，拍摄“封面”：用手机或数码相机拍下此时周围的景象，拍下眼前所看到的；可以拍摄全景照片，也可以简短地录一段影像，这样可以录下周围声音和自己的话语。

第三步，在手机或数码相机里看一看刚刚拍摄的照片或录像，同时再次感受刚才身体的感觉，联结两者，让记忆更深刻。

下面是陈阿姨拍摄和使用“身体感觉照片”的体验：

地点：敦煌，鸣沙山山脚。

时间：夏末，晚上九点左右。

看到：这是西部，天黑得很晚，九点天才逐渐黑透。满天的星星，银河斜跨在群星中。星星越来越清楚了，而连绵沙山的几个山头逐渐模糊至消失不见，只剩点滴的手电筒闪动着光亮。

听到：山顶上，有小伙子在吹口哨、喊叫。周围有几伙年轻学生在沙地上围圈聊天、玩游戏、唱歌。外面广场传来好听的歌曲。女儿说，那是王菲的歌曲《致青春》。

闻到：清新的空气，虽然混杂着骆驼粪的味道，但不臭，反而让空气有生命力、像大自然。

触碰到：有微风，凉凉的，温度已经下降了，从包里拿出防风外套穿上。脚下是沙地。鞋上带着防沙的鞋套，移动脚步时会有轻轻的沙沙声。

想法：真羡慕那些青年，也谢谢他们和大自然一起构成这么美好的风景。不时传来的《致青春》若有若无的旋律很符合此刻的心情，虽然几乎听不清歌词。感谢女儿能鼓励并且陪自己来看这样的风景。

陈阿姨有时会重回那时那刻，在她自家沙发上，在堵车缓慢挪动的公交车上，在医院候诊时。还有每当听到《致青春》这首歌，无论她在哪儿，都能回到那里。

有时挺神奇的，她知道她并没有真实地闻到骆驼粪的味道，但那种味道确实会出现在她的感觉中。有时还会有新的感受、新的念头冒出来。陈阿姨说，这的确是来自旧时光的新旅游。

来自他人但属于自己的旅游

“心旅游”的目的地，可以是自己去过的地方，也可以是虽然没有亲身去过，但从别人转述中获得感受的地方。我们能够接收的转述包括游记、照片、风景影片，还包括现在逐渐兴起的虚拟现实媒体。

南朝陶弘景在山里隐居，对他曾经的伙伴、当时的皇帝说：“山中何所有，岭上多白云。只可自怡悦，不堪持寄君。”

他话的大意是：山里有什么呢？山岭之间有很多白云。我自己是很舒适开心，可惜啊，我没有办法让您也感受到！

这个故事可以从两面看。

一方面，亲身感受最强烈，再精彩的风景，一经别人的转述，其中感受必打折扣。不仅在只有文字和简单绘画的古代，即便在有高科技的今天也是如此，没有任何一种方式能够代替亲身经历。所以，当有条件旅游的时候，亲身游览向往的地方，是为“心旅游”做储蓄。

另一方面，别人的描述也能够传递一部分信息。打个比方：平面图像，能传递现场的一二成信息；风光视频，有动态图像、有声音，能传递三四成；电影院里播放的风光片，或许能传递五六成。

如果借助正在快速发展的虚拟现实技术，效果还能更好。高新技术让虚拟的现实更现实，给“心旅游”带去的感受也会更丰富。

另外，每个人可能都会有自己最擅长或钟情的“对象”，例如，朱阿姨喜欢看文字细腻的游记，董伯伯喜欢摆弄山水盆景，而姥爷在书桌上放一张风景照片，小中见大、咫尺万里。

过家家式的旅游

上述方法的缺点是只属于个人，不容易与旅伴共享，因为每个人的想象不一样。怎样与旅伴一起“心旅游”呢？可以使用“过家家”的形式，就像邹爷爷和黎奶奶这样。

邹爷爷和黎奶奶都七十多岁了。邹爷爷腿部肌肉萎缩，每次站立都很困难，双手在椅子扶手上撑着，上半身下半身一起使劲儿，最快也得三四秒才能完成，有时候还要尝试多次，但他通常不让人扶。

两位老人努力让生活独立，不过再要强，他们也很难出远门旅游了。好在他们有“过家家”的小游戏。

一天，黎奶奶说：“找时间咱们再去趟广州吧，广州现在跟以前可不一样了。”

邹爷爷说：“行，去。你定日子。”

黎奶奶心里美美的，这个美也许是真能成行那种美的一小半。接下来他们会购买与广州相关的旅游书籍，确定旅游路线，查交通方式。他们有时会求助孙辈，孙辈也乐意帮忙。

他们戴着老花镜看旅游书籍，他们要制订具体的出行计划，哪一天去哪儿、需要注意什么，尽量详细、可行。

然后就是“旅游”。在旅游的那些天，他们每天在旅游书籍中了解今天要“去”的景点，他们就像两个孩子，他们过家家式地把散步、买菜的地方都当作广州的景点，一边过着日常的生活，一边复述年轻时记忆中的广州和刚从旅游书籍中看到的新广州。最妙的是，这些天

当年，阿公在海里捕鱼，阿婆在岸上拖网，“在海边”只是为了生计；如今，老两口仍会手牵手去海边，随心地看一看，聊一聊，走一走。

不变的是他们一直心意相通。

里他们还会专门去本地的粤式餐厅吃顿饭。

每一步的核心都是交流。他们争执、讨论，讲述、倾听。他们享受共同的“旅游”。

既然这么有趣，也没什么成本，我以为他们会经常这样旅游，但他们最多一年两三次。或许因为他们珍惜这种旅游的感受，他们默契地节制。

几年前黎奶奶经历了一次住院治疗，治疗同时，她和邹爷爷做了一次特殊的“心旅游”:他们“乘坐”老式卡车“重温”了年轻时进出云南、四川的线路。他们把手术和术后康复过程中的痛苦当作旅途中的颠簸劳顿去应对，把治疗中的风险当作旅途中的风险去面对。虽然有痛苦、有风险，但他们仍然享受这次特殊的“心旅游”。

或许最完美的旅游，就是和心意相通的人去心意相通的地方吧，不论什么形式。

十句话回顾

* 增加一个自己在这个世界上去过的有趣的地方、减少一个心心念念想去却没去过的地方，即便在交通发达的今天，也是值得自豪的个人成就，对于中老年人更是如此。

* 大自然本身永远是一个疗养院。

* 用平时的小旅游去积累感受，可以反复地小中见大，感悟人生这场大旅行。

* 旅游给人留下的是感受，那么能给人旅游感受的行为，都称得上是旅游。

* “悠闲游”是在熟悉的空间里缓慢行走，它可以是在家附近、随意进行的游逛，它也可以是伴着家的味道的远途旅游。

* 中老年人依赖家的感觉，在旅游中也不愿放开，住公寓式酒店，又居家又旅游。

* “心旅游”的对象是接触不到的风景，我们曾经到过那里，或者可以从别人的转述中了解到，“心旅游”是在心理上身临其境，满足心理对旅游的需要。

* 如果我们现在正在实地旅游，未来我们还想在“心旅游”中

再度来到这片风景，那可能需要“拍摄”一张“身体感觉照片”。

* 怎样与旅伴一起“心旅游”呢？可以使用“过家家”的形式。

* 或许最完美的旅游，就是和心意相通的人去心意相通的地方吧，不论什么形式。

主要参考资料

第一章

1. 搜狐网，《〈有你才幸福〉央视将播，李雪健替老年人吐心声》，2013 年 4 月 10 日。

2. 彭聃龄，《普通心理学（第四版）》，北京师范大学出版社，2012 年 5 月版。

3. [英] 安东尼·斯托尔，《孤独：回归自我》，凌春秀译，人民邮电出版社，2016 年 6 月版。

4. [美] 马丁·皮斯托留斯，《失语者》，吴静译，中信出版社，2012 年 7 月版。

5. [美] 马歇尔·卢森堡，《非暴力沟通实践篇》，梁欣琢译，江苏人民出版社，2014 年 10 月版。

6. @假装在纽约，新浪微博，2014 年 12 月 14 日。

7. 陈丹燕，《我的旅行哲学》，浙江文艺出版社，2014 年 2 月版。

第二章

1. 孟昭兰，《情绪心理学》，北京大学出版社，2005 年 3 月版。

2. [美] 卡拉·西格曼等，《生命全程发展心理学》，陈英和审译，北京师范大学出版社，2009 年 2 月版。

3. 星云大师，《六祖坛经讲话》，新世界出版社，2008 年 9 月版。

4. [美] 朱迪·贝克，《认知疗法基础与应用（第二版）》，张怡等译，王建平审校，中国轻工业出版社，2015 年 8 月版。

5. [美] 盖瑞 · 查普曼，《愤怒，爱的另一面》，谭臻译，世界知识出版社，2009 年 1 月版。

第三章

1. 萧红，《萧红全集》，哈尔滨出版社，1991 年 5 月版。

2. 张双棣等，《吕氏春秋译注》，北京大学出版社，2000 年 9 月版。

3. [美] 戴维 · 迈尔斯，《社会心理学（第 8 版）》，侯玉波等译，人民邮电出版社，2006 年 1 月版。

4. 杨伯峻，《孟子译注》，中华书局，2012 年 5 月版。

5. 李万寿，《晏子春秋全译》，贵州人民出版社，1993 年 7 月版。

6. [美] 卡巴尼斯等，《心理动力学疗法》，徐玥译，中国轻工业出版社，2015 年 5 月版。

7. [日] 箱崎总一，《孤独心理学》，李耀辉译，作家出版社，1988 年 10 月版。

8. 老舍，《四世同堂》，人民文学出版社，2000 年 7 月版。

9. 曹雪芹、高鹗，《红楼梦》，启功主持，张俊等校注，中华书局，2014 年 11 月版。

10. 蒋勋，《蒋勋说红楼梦（第四辑）》，上海三联书店，2011 年 5 月版。

第四章

1.《读者 · 原创版》杂志社，《幸福不是说着玩儿的——读者原创版高端访谈》，敦煌文艺出版社，2014 年 3 月版。

2. 沈严、王雷导演，电视剧《手机》，王志文、陈道明、梅婷、柯蓝等主演，尚品佳作影视出品，2010 年 5 月首播。

3. 马俪文导演，电影《我们俩》，金雅琴、宫哲主演，中国电影集团公司出品，2006 年 3 月上映。

4. 星云大师，《禅学与净土》，上海辞书出版社，2008 年 12 月版。

5. 崔健，《不是我不明白》，专辑《新长征路上的摇滚》，中国旅游声像出版社、京文唱片，1989 年。

6. 袁行霈，《陶渊明集笺注》，中华书局，2003 年 4 月版。

第五章

1. [清] 纪昀，《阅微草堂笔记》，上海古籍出版社，2005 年 1 月版。

2. 吴思，《潜规则》，复旦大学出版社，2010 年 10 月版。

3. [明] 张应俞，《江湖奇闻杜骗新书》，百花文艺出版社，1992 年 4 月版。

4.《焦点访谈》，《挡住老人别上当》，中央电视台，2014 年 1 月 10 日。

5.《新闻联播》，《打击防范电信诈骗——识别常见骗术，远离诈骗陷阱》，中央电视台，2016 年 5 月 7 日。

6.《沈阳日报》，《为啥谁也拦不住我汇款》，2014 年 2 月 6 日。

7.@ 江宁公安在线，新浪微博，2016 年 8 月 27 日。

8. 施琪嘉，《创伤心理学》，人民卫生出版社，2013 年 11 月版。

第六章

1. 中国日报网，《日本老奶奶迎来 117 岁生日，被认定为世界最长寿者》，2015 年 3 月 5 日。

2. [美] 简 · 博克等，《拖延心理学》，蒋永强等译，中国人民大学出版社，2009 年 12 月版。

3. [美] 乔丹 · 盖恩斯 · 刘易斯，《时间都去哪儿了》，沐凡译，《科学美国人》中文版《环球科学》微信公众号，2014 年 1 月 31 日。

4. 一行禅师，《与自己和解：治愈你内心的内在小孩》，汪桥译，河南文艺出版社，2014 年 6 月版。

第七章

1. [美] 威尔·施瓦尔贝，《生命最后的读书会》，姜莹莹译，中国友谊出版公司，2013 年 7 月版。

2. 金元浦，《当代文艺心理学》，中国人民大学出版社，2009 年 7 月版。

3. [苏] 安德烈·塔可夫斯基，《雕刻时光》，陈丽贵等译，人民文学出版社，2003 年 8 月版。

4. 陈建华，《也谈蒋勋的硬伤》，《读书》杂志，2013 年 07 期。

第八章

1. 夏晓敬，《老年人出行行为研究》，北京工业大学博士学位论文，2015 年 6 月版。

2. [美] 里克·汉森等，《冥想 5 分钟等于熟睡一小时》，姜勇译，上海文艺出版社，2011 年 4 月版。

3. 郭子鹰，《只为这一刻——旅行摄影的幸福密码》，光明日报出版社，2012 年 9 月版。

4. 邱鸿钟，《大自然是一间疗养院》，暨南大学出版社，2014 年 8 月版。

5. 林语堂，《生活的艺术》，陕西师范大学出版社，2003 年 12 月版。

6. 许巍，《旅行》，专辑《每一刻都是崭新的》，上海步升音乐文化传播有限公司，2004 年。

7. 朱德庸，《大家都有病》，现代出版社，2011 年 5 月版。

8. 罗小平、黄虹，《音乐心理学（第二版）》，上海音乐学院出版社，2008 年 11 月版。

9. 周云蓬，《绿皮火车》，中国华侨出版社，2012 年 5 月版。

图书在版编目（CIP）数据

您育我成长，我陪您到老 / 周波著．-- 北京：作家出版社，2025. 1. -- ISBN 978-7-5212-3121-2

Ⅰ. I267.1

中国国家版本馆 CIP 数据核字第 20243QR310 号

您育我成长，我陪您到老

作　　者：周　波
责任编辑：向　萍
摄　　影：宁舟浩
绘　　图：颜有为
封面设计：贾　莹
出版发行：作家出版社有限公司
社　　址：北京农展馆南里 10 号　　**邮　　编：**100125
电话传真：86-10-65067186（发行中心）
86-10-65004079（总编室）
E-mail:zuojia @ zuojia.net.cn
http://www.zuojiachubanshe.com
印　　刷：河北星强印刷有限公司
成品尺寸：155 × 220
字　　数：211 千
印　　张：15
版　　次：2025 年 1 月第 1 版
印　　次：2025 年 1 月第 1 次印刷
ISBN 978-7-5212-3121-2
定　　价：88.00 元